KB075177

몽해항로

몽해항로

장석주 시집

민음의 시 161

민음사

自序

결국 시는 한 줄이다.
한 줄로 압축할 수 없는 것은 시가 되지 않는다.
나와 너, 초(秒)와 분(分)들, 불과 재, 붉음과 푸름,
잎과 열매들, 발톱과 이빨들, 우연과 필연들,
지구 위의 강목과속, 저 우주의 변주곡을
한 줄로 압축할 것.
한 줄은 전대미문의 문장으로 쓸 것!
무지몽매의 미욱함 속에서 일어나는 작은 기적들!
시란 불운과 불행이 불러내는 기적이 아닌가!
기적을 위해서는 기다림이란 초기 투자가 필요하다.
내 핏속에서 굶주린 새 떼가 되어 흩어지는 문장들.
한 줄로 압축할 수 없는 것들의 난감함으로
배(腹)를 밀며 여기까지 왔다.

그렇다, 한 줄의 기적에 닿지 못하고 사산되는
문장들이 태반이다.
이 시집은 불임과 사산으로 사라진 문장들을 기리는 레퀴엠이다.

2010년 1월
장석주

차례

2부

3부

4부

작품 해설 / 문광훈

1부

시 1

우리는 흘러가는 시간이니
피와 살로 살고 남은 시간은 몸에 저축한다.
허나 몸은 사상누각(砂上樓閣)이니
그 집이 영원하다고 착각하지는 마라.
낙타를 만나거든 낙타가 되고
모래바람 이는 사막이 되라.
순례자를 만나거든 옛길이 되고
오래된 성전(聖殿)이 되라.
비를 만나거든 피하지 말고
그 자리에서 천둥으로 울고 번개로 화답하라.
강을 만나거든 바람으로 건너고
산을 만나거든 묵은 소나무 곁 바위로 살라.
고아를 만나면 푼돈을 쥐여 주지 말고
그의 작은 주먹이라도 되라.
거지를 만나면 불우를 연민하지 말고
그의 옷 솔기에 붙은 이라도 되라.
부처를 만나면 보리수가 되고
보리수 아래 푸른 그늘이 되어 누워라.
나한을 만나거든 나한이 되고

나한이 싫으면 주린 뱀이 되라.
개구리를 만나거든 뱀으로 살지 말고
차라리 개똥이 뒹구는 풀밭이 되라.
혹한이거든 얼음으로 꽁꽁 얼어 있다가
얼음이 풀리면 시냇물로 흘러라.
죽음을 만나거든 꽃으로 피어나지 말고
여문 씨앗으로 견뎌라.

시 2

오후 3시와 5시 사이에서
한낮이 증발하고 후두두 작은 혀들이 내려온다.
노래를 잃은 혀들!
공중을 부옇게 장악하며 내리는 혀들!
땅에 뛰어내린 혀들이 울먹이며 달려간다.
비에서는 유황 냄새가 난다.
비 냄새를 좋아하는 버섯류와 죽은 자의 머리카락이 자라고
다세포 생물의 세포에서
수억 광년의 우주가 번쩍하고 깨어난다!
내 안에서 우글거리는 시들!
시를 읽는 것은 내 세포에 새겨진
바코드를 읽는 것!

저편에 무지개가 뜬다.
무지개 아래에서 나는 나의 이방(異邦)이었다.
늦은 점심을 먹으러 식당을 향해
나는 걸어가는 중이다, 천천히.

겨우

어둠은 깊다. 목이 마르다.
별들의 공전(公轉)이나 높새바람의 사생활을 들여다보는
내가 자꾸 목이 마른 것은
나무들의 생태(生態)와 닮은 몸-사람이기 때문이다.
지표면의 물들 태반은 지하로 숨고
겨우 몸 안으로 들어온 물들이 순환하는 동안
나무들의 잎눈에서는 잔근심과 후회들이
연초록으로 돋아난다.
비바람 따라 마실 나온 어린 천둥들이 우는 밤에는
잎들도 처절했다.
강제로 뜯겨 내동댕이쳐지는
그런 밤의 참혹에 증오의 미학도 깨치지 못한
어린 것들이 굳게 대처하곤 했다.
조경선이 내려와 늦가을 무렵 연못은 완성되고
나는 위로를 받는다.
연못은 얕은 물로 단풍잎들을 받고
서리가 내렸다. 서리에 시드는 풀들,
노모의 잠꼬대 소리가 높아지는
동지 새벽에 깨어난 나는 겨우

은버들 한 쌍 같은 네 관자놀이와 쇄골을 더듬는다.

목이 마르고

목이 마른 밤들이 가고

네 마음 언저리에도 닿지 않는

네 푸른 정맥과 손목의 가냘픔을 사랑했음을 깨닫는다.

고요가 깊으면 그 고요 속에 숨결을 묻고

죽어도 좋다고 생각한다.

태어나지 마라, 태중의 아이들아.

겨우, 라는 부사로써만 발설될 수 있는

사랑이 있다면 그 사랑으로 무구한 개와 고양이들만

태어나라, 겨우, 살아 있으니까,

겨우, 사랑을 견딜 수 있을 뿐이니까.

수요일

나는 처음부터 알아봤어 네가 저 먼 데서 오는 비라는 걸 말이야 나는 수요일을 좋아해 수요일엔 비가 오거든 비가 내리면 양파꽃이 피거든 나는 양파꽃 아래서 동그랗게 몸을 말고 비 맞는 걸 좋아해 비 비 비…… 피 피 피…… 수요일에 비가 내리는 건 기적이야 그렇지 기적들은 도처에서 일어나지 백 개의 경첩들이 만드는 기적에 나는 경탄해 모든 삐꺽거리는 문들의 문란한 사생활을 감시하고 통제하는 백 개의 경첩들 아버지 당신은 내 인생의 경첩이었어요 그럼 뭘 해요 나는 겨우 수요일의 비나 기다리는걸요 오늘이 월요일이라면 수요일은 이틀이 남은 거야 오늘이 화요일이라면 수요일은 하루가 더 남은 거야 나는 수요일에 오는 비를 좋아해 네 빨간 하이힐을 좋아해 네 까만 눈썹을 좋아해 네 쇄골을 좋아해 비는 보리떡 두 개 생선 한 광주리 수요일엔 굶는 사람이 없어 백 명이 먹고도 남을 양식이야 잊지 말아 줘 수요일에 내가 양파꽃 아래서 몸을 동그랗게 말고 비를 기다리고 있다는 걸 말이야 내 등을 두드리는 비 비 비…… 피 피 피…… 네가 비 혹은 망치라면 나는 네가 두드려 박는 못이야 네가 비 혹은 쇠로 된 추라면 나는 추가 때려 우는 종이 될 거야 오늘이 목요

일이라면 수요일은 아직 멀었어 오늘이 금요일이라면 여전히 수요일은 멀리 있어 오늘이 토요일이라면 나는 지루해서 미칠 거야 오늘이 일요일이라면 조금 진정이 돼 내 기다림의 끝이 보이니까 오늘이 월요일이라면 나는 바빠질 거야 오늘이 화요일이라면 나는 꼼짝도 못하고 뜬눈으로 밤을 새울 거야 수요일에 나는 양파꽃 아래서 개구리처럼 종소리를 내며 울고 있을 거야 수요일에 너는 오지 않을 테니까 수요일에 나는 여기저기 쓸데없이 뒹구는 못이 될 거야 수요일에 나는 울지 못하는 벙어리 종이 될 거야 수요일엔 비가 내릴 거야 하얀 양파꽃이 필 거야 나는 양파꽃 아래서 몸을 동그랗게 말고 비를 맞을 거야 수요일에 피 냄새를 풍기며 비가 내리면 나는 흙 묻은 몸으로 개구리와 함께 울 거야 비 비 비…… 피 피 피…… 개구리 한 마리 개구리 두 마리 개구리 열 마리 개구리 백 마리……

그믐 눈썹

— K에게

해가 구르듯 지고 바람은 대숲 아래서 가벼이 목례를 하네요 고양이는 푸른 인광을 번뜩이며 하얗게 울고요 자꾸 울고요 숯이라도 내 마음 탄 자리를 검다 하지는 못하겠죠 물은 물속 일을 모르고 꿈은 제가 꿈인 줄도 모르죠 그러고 살았죠 단풍나무 뒤에 서 있는 당신 어깨 너머로 계절 몇 개가 떨어져요 당신 눈 위에 눈썹은 검고요 당신은 통영을 간다 하네요 발톱 가진 어둠 몇 마리가 칠통(漆桶) 속에서 울부짖죠 무슨 일인가요 당신 눈동자를 보던 내 동공은 녹아 눈물로 흐르고 당신에게 뻗던 내 팔은 풀밭에 떨어져 푸른 뱀이 되어 스으윽 가을 건너 봄의 관목 숲으로 사라져요 피비린내가 훅 하고 끼치는 걸 보니 벌써 그믐이 가까워지나 봐요 당신이 내게 기르라고 맡기고 내가 젖동냥해서 기른 그믐이죠 어서 오세요 그믐 눈썹으로 오세요 열두 마리 고양이는 하얗게 울고요 그믐에 그을리고 탄 제 마음 자리는 숯이랍니다

자벌레

뽕잎 뒤에 붙어서 비 피하는
자벌레,
비 오시고 심심하니
쌍계사 저녁 공양 때까지
종일을
뽕잎 경(經)이나 사각사각 외운다.

그믐

흑염소 떼가 풀을 뜯고 있다.
어둑했다.
젊은 이장이 흑염소 떼 끌어가는 걸
깜빡했나 보다.

내 몸이 그믐이다.
가득 찬 슬픔으로 앞이 캄캄하다.
저기 먼 곳이 있다.
먼 곳이 있으므로 캄캄한 밤에
혼자 찬밥을 목구멍으로
밀어 넣는 것이다.

뱀을 밟다

대가리 곧추세워 덤벼드는
초록무늬 뱀,
풀섶에서 일어난 가벼운 접촉 사고다.
뱀아, 초록무늬 뱀아,
너를 밟은 건
실수였을 뿐이야!

협재 바다

푸른 일획(一劃)이다.
이 세상 다시 오면
여기를 가장 먼저 달려와 보고 싶다.
아련한 가을비 속에
죽은 고모 이마보다
찬 바다!

서귀포

연필과 노트를 산 뒤
인근 대학교 계단에 걸터앉아
웃통 벗고 농구 하는 애들을 본다.
새순들이 초록 입술 내밀어
햇빛을 쪽쪽 빨아들인다.

어느 해 늦봄
햇빛은 비둘기 빛으로 내리고
바다 쪽에서 귀 없는 바람이 불어왔다.
천도복숭아 먹은 뒤
복숭아씨 같은
서귀포에 다시 가고 싶다.

대한

장지문은 치자빛이고
백동 화로에서는 재가 식는다.
황혼 녘에는 목덜미가 으슬하다.
사는 게 다 그렇다.

병풍 수탉이 목 빼고 울자
괴목 반닫이 위에 목기러기 한 쌍
날개를 푸드덕이고
목단 항아리 매끈한 표면에
철 이른 모란 두어 점
서둘러 붉은 꽃을 피운다.

당신에게

초겨울 찬비 오고
젖은 채 어는 빨래,
당신 떠난 뒤 뒤늦게 깨닫는다.
그토록 사랑했던 건
당신의 영혼이 아니었어,
오, 그 허리!

빨래

빨래를 내다 널고
첫 수확한 감자를 찜통에 찐다.
잠자리 편대가 높이 뜨고
하늘은 푸르렀다.
당신이 다녀간 뒤 며칠 앓다
일어났다.
찐 감자를 먹으며
어제는 이태준 산문을 읽고
오늘은 카프카 소설을 읽는다.
빨래가 잘 마르니
십 년이나 쓰이지 못하였어도
당분간 시름은 없겠다.

곧 어둠 속에
반딧불이 몇 점 나타나고
개울 물소리는
밤이면 더욱 창대하리라.

얼룩과 무늬

욕망과 어리석음이 만드는 게
얼룩이라면
꿈과 고요는 무늬를 낳는다.
얼룩이 나를 가리켜
얼룩이라 한다.
성급함과 오류들이
내 얼룩들을 만들었을 것이다.
감히 무늬라고 우기지 못하고
크게 상심한다.
누군들 얼룩이 되고 싶었으랴.

심해어

세상은 어지러웠다.
어제의 친구가 적으로 표변하여
벼린 칼을 겨누고
베는 세태가 무서웠다.
세상을 등지는 게
살길로 보였다.

눈 감고 귀 막은 채
숨어 살지만
누군가에게는 빛으로 발광(發光)한다.
어둠 속에서 몸을 환하게 밝히는
저 은둔 군자들!

몽해항로 1

— 악공(樂工)

누가 지금
내 인생의 전부를 탄주하는가.
황혼은 빈 밭에 새의 깃털처럼 떨어져 있고
해는 어둠 속으로 하강하네.
봄빛을 따라간 소년들은
어느덧 장년이 되었다는 소문이 파다했네.

하지 지난 뒤에
황국(黃菊)과 뱀들의 전성시대가 짧게 지나가고
유순한 그림자들이 여기저기 꽃봉오리를 여네.
곧 추분의 밤들이 얼음과 서리를 몰아오겠지.

일국(一局)은 끝났네. 승패는 덧없네.
중국술이 없었다면 일국을 축하할 수도 없었겠지.
어젯밤 두부 두 모가 없었다면 기쁨도 줄었겠지.
그대는 바다에서 기다린다고 했네.
그대의 어깨에 이끼가 돋든 말든 상관하지 않으려네.
갈비뼈 아래에 숨은 소년아,
내가 깊이 취했으므로

너는 새의 소멸을 더듬던 손으로 악기를 연주하라.
네가 산양의 젖을 빨고 악기의 목을 비틀 때
중국술은 빠르게 주는 대신에
밤의 변경(邊境)들은 부푸네.

몽해항로 2

— 흑해행

잡풀들이 무너져 키를 낮추고
들에 숨은 웅덩이들이 마른다.
가을 가뭄은 길고 꿈은 부쩍 많아지는데
사는 일에 신명은 준다.
탕약이 끓는데, 이렇게 살아도
되나, 옛날은 가고 도라지꽃은 지고
간고등어나 한 마리씩 먹으며 살아도 되나.
요즘 웬만한 길흉이나 굴욕은 잘 견디지만
사소한 일에 대한 인내심은 사라졌다.
어제 낮에는 핏물이 있는 고기를 씹다가
구역질이 나서 더 먹지를 못했다.
비루해, 비루해. 남의 살을 씹는 거,
내 구강(口腔)에서 날고기 비린내가 난다.
이슬람이라면 라마단 기간에 금식을 할 텐데,
금식은 얼마나 순결한가.
안성 시내에서 탄 죽산행 버스 안에서
취한 필리핀 남자 두 명을 만났다.
안성 공단에서 일하는 노동자겠지.
황국이 피는 이 낯선 땅에서 술을 마시며

헤매는 저 이방의 노동자들!

기온이 빙점으로 내려가는 밤
서재에서 국립지리학회보를 들여다보는데
뼛속의 칼슘들이 조용히 빠져나간다.
지난해 이맘때 자주 출몰하던 너구리가
올해는 보이지 않는다.
하천 양쪽으로 콘크리트 옹벽을 친 탓일까.
배나무에서 배꽃 필 무렵
잉잉대던 벌들도 올해는 드문드문 보인다.
주변에서 사라지는 것들이 많다.
가창오리들이 꾸륵꾸륵 우는 소리 들으니
집 아래 호수의 물이 어는 모양이다.
꿈속에서 모래먼지를 일으키며 달리는 버스를 탄다.
누군가 흑해행 버스라고 했다.
검은 염소들이 시끄럽게 울어 댄다.
한 주일쯤 달리면 흑해에 닿는다고 했다.
나는 참 멀리도 가는구나, 쓸쓸한 내 간을 위하여
누가 마두금이라도 울려 다오,

마두금이 없다면 뺨이라도
철썩철썩 때려 다오, 마두금이 울지 않는다면
나라도 울어야 하리!

2부

모기

여름밤의 이 불청객,
품성이
저속한 것은 짐작했다.

남의 피 빨며 산 것,
가난 때문이라고 변명하지 마라.
네 본색이다.
그렇게 살지 마라!

벼룩

늙어 주름 많은 몸을
벼룩이 깨문다,
따끔따끔,
아프지 않다.
아직은 살았구나.
벼룩아, 네가 깨물어 생긴 인연
고맙다!

파리

비굴했다,
평생을
손발 빌며 살았다.
빌어서 삶을 구하느라
지문이 다 닳았다.
끝끝내 벗지 못하는
이 남루!

매미 1

지하 감옥 칠 년 끝에
보름 남짓 얻은 자유,
건달로 낙인찍혀
허물 벗는 이 거사(居士),
억울해! 말로 못다 할
설움이나 풀어낸다.

매미 2

밤의 근간에서
빠져나온 악사(樂士)들
가무일체(歌舞一切) 일생도 한 철로 끝장이다.
늦가을 산책길 어귀,
여기저기
죽은 매미들.

쌀벌레

밥물 안치려고
묵은쌀 씻으려니,
뜨물 위로
쌀벌레 두어 마리.
내 양식
축낸 놈들이
바로 늬들이었구나!

귀뚜라미

댓돌 위에 대 그림자,
밤새
우는 귀뚜라미,
못 말리는 본성이다,
꺾지 못한
취향이다.
울어라! 울음으로써
네 노동을 마쳐라.

비둘기

취객의 토사물에
달라붙은 중생(衆生),
함부로 비웃지 마라.
먹고 사는 일은
숭고한 수행(修行),
장엄한 일이다.

달팽이

사는 것 시들해
배낭 메고 나섰구나.
노숙은 고달프다!
알고는 못 나서리라,
그
아득한 길들!

소

돌 속에 해가 지고
돌 속에 물 마른다.
순하게 날 저물고 황소는 끔뻑끔뻑,
어느덧 편모슬하의
밤이 온다.
참 소슬하다.

청산에 살다

하루 종일 알알이 익은 오디 따 먹으려고
뽕나무 가지 사이를 들락날락하는 물까마귀 소리가 시끄럽다.
밤꽃 향내 찹찹하게 공중을 떠돌고
산딸나무는 무명천 오려 낸 듯 날렵한
네 엽 흰 꽃 환하게 매달았다.
네가 가고 난 뒤에 불볕이 며칠째 이어졌다.

불볕 속을 걸어가 잘 익은 오디 하나를 입에 넣으며
내 입술이 닿았던 네 몸 때문에
기억의 가장 연한 부분이 예민해진다.
며칠째 불볕이 구운 노을은 색이 곱고
저녁 공기도 덩달아 노릇노릇 잘 구워졌다.

오늘은 신갈나무 푸른 그늘 아래
청삿자리 깔고 종일 책이나 읽는다.
네가 가고 난 뒤 일손을 아예 놓아 버렸다.
까슬한 모시 바지 적삼 입고
아침나절부터 집 가까이 와서 우는 뻐꾹새 울음에나 귀

를 내놓고
나무 그늘 아래에서 소일하는 것이다.

한량으로 남은 세월을 건너가도 좋겠다는
기특한 생각이 스쳤다. 어젯밤에는
반딧불이 두 촉이 덤불 위에서 반짝였다.
음력 칠월 칠석은 아직 멀었다.
서운산 취나물 뜯어다 푸른 형광등 아래서
막된장 하나 놓고 먹는 저녁밥 때까지
청삿자리에 가부좌 틀고 앉아 있었다.

밤이슬 내리자 내 건강을 염려한 비복들이
그만 들어가자고 보챈다.
청삿자리 거둬 자욱하게 나를 호위하는 비복들 데리고
집 안으로 걸음을 옮기며
세상이 나를 잊었는가, 아니면
내가 세상을 잊었는가를 잠깐 짚어 본다.
어느 쪽이든 두렵지 않았다.
내가 문지방을 넘자 비복들은 집 밖으로 물러선다.

밤의 어둠 속에서 울부짖는 올빼미와 고양이들!
저 울부짖는 것들로 살지 않겠다.
아니다, 저 발톱과 피 묻은 털으로
어둠 속에서 울부짖는 것들로 살아야겠다!

풀밭을 걸어 봐!

거리는 중국인 공동묘지 같아.
정수리는 뜨겁게 달아오르고
난 쓰러질 지경이야.
닭 튀긴 기름 냄새는 속을 뒤집어 놓았지.
계단은 두 칸씩이나 뛰어오르고
붉은 신호등 앞에서는 오래 서 있었어.

자, 걸어 봐, 풀밭을!
발바닥 밑에서 꿈틀대는 고양이의 등을,
먼 곳을 휘돌아 흐르는 밤 강물을,
파릇하게 돋는 별자리를,
오오, 무지개를 꺾어 들고 갈래.

염소 뿔에 받힌 밤하늘 아래
그림자를 발명하는 맨발들.
내 이쁜 이복 누이들, 자, 맨발로 느껴 봐,
지층에 숨은 물길들을,
둥근 젖가슴의 푸른 정맥들을,
당신 핏속엔 오월의 어린 별들이 내려와

탬버린을 치며 노래를 하네.

어린 별들의 노래를 들으며
풀밭을 걸으면
당신 맨발에 초록 풀물이 들고
당신 허리에 초록 풀물이 들고
당신 이마에 초록 풀물이 들까?

저공비행

황사가 덮친 뒤
지붕들은 실의에 빠졌다.
먼 산들은 조금 더 멀어지고
먼 바다에는 파랑주의보가 내려진다.
실의는 너희들 것이 아냐,
꽃을 비싸게 팔아 보려는 자들의 것.
태양계에서 명왕성이 퇴출당하고
새 정부가 들어서며 국정원장은 바뀌고
우주선에 탑승할 한국인도 이소연 씨로 교체되었다.
코트를 벗는데 단추가 떨어진다.
무심코 마당 한 귀에 떨어져 있는 새똥들.
작년의 새들은 오지 않고
수천 년을 흐르던 물길이 바뀌리라는
소문이 파다하다, 흐름을 바꾸려는 자들이 돌아온다.
나는 강까지 걷던 습관을 버렸다.
옆집에서 갓난아기의 울음이 들린다.
베트남 며느리가 아이를 낳은 모양이다.
아기들은 습관의 동물들이다.
배고프면 울고 기저귀가 축축해지면

또 운다. 목욕과 이야기와 젖만이
그 울음을 달랜다. 모든 습관은 무섭다.
모란꽃이 피는 이 세상은
태어나는 자들과 죽은 자들이 임무를 교대하는 곳,
기일(忌日)들은 언제나 빨리 돌아오고
기일을 남긴 자들은 서둘러 잊힌다.
어제는 아버지의 일곱 번째 기일이었다.
나는 기일에 납골당을 가는 대신에
아버지가 말년을 보낸 성북동엘 다녀왔다.
옛 성곽 아래 가파른 골목길을 오르며
남의 집 마당을 들여다보고
빨랫줄에 걸린 빨래들이 잘 마르는가를 염려했다.
기일 저녁에는 면도를 하고
정종 파는 집에 가서 정종 석 잔을 마셨다.
동생들은 연락이 없고
내 슬픔은 미적지근했다.
미국 경기 침체가 본격화하리라는 소식에
어제 코스닥은 맥을 못 추고 급락했다.
페놀이 섞인 강물에서 죽은 고기들이 뜨고

대운하로 한몫 챙기려는 자들이
사업 구상에 골몰하는 이 밤,
빈 깡통을 차서 어둠 저쪽으로 날렸다.
깡통에 맞고 어둠 한쪽이 일그러진다.
판자들은 삭고 판자에 박힌 못들은
붉은 땀을 흘리며 세월을 견딘다.
조카딸년과 당신과 사철나무는 푸르고,
이쁜 것들은 다 푸르다.
나는 뻔뻔한 자들과 연루되었다.
용서하는 자가 아니라 용서받아야 할 자다.
푸른 것들만 무죄다.
푸른 것들의 계보에 속하는
당신 속에는 암초와 법칙들이 자라난다.
나를 용서할 수 없기 때문에
당신을 사랑할 수 없다.
매화와 산수유가 찬바람 속에서 꽃눈을 준비하는데
황사로 개화는 며칠 더 늦춰진다.
기어코 조카애의 초경이 터진다.

3부

나의 한때는 푸르렀다

소나무는 굽고

솔잎은 푸르렀다.

기차가 지나갔다.

어느덧 집은 낡았다.

금생(今生)을 용서하니,

식욕이 푸르렀다.

가을밤

먹 갈아 난 치는데,
획이 굽은 듯 곧다.
명월 뜬 저 하늘에
날아가는 기러기 떼
누구의 서체인가요,
꿈틀대는 저 명필!

소나기

구름은 만삭이다,

양수가 터진다.

흰 접시 수만 개가 산산이 박살 난다.

하늘이 천둥 놓친 뒤

낯색이 파래진다.

장마

비 보름째
뒹굴뒹굴
무위도식 보름째
이게 사는 건가
이게 사는 건가
내 안에 갇힌 돼지들
답답하다,
꿀꿀꿀!

수의를 깁는 밤들

까맣게 회오리쳐 몰려가는 되새 떼,
저 허공
어디서 폭탄 세일 하는 모양이다.
수의를 깁는 밤들이
가을과 함께 깊어 간다.

비

산뽕나무에 푸른 비
금광호수에 푸른 비
아침 먹고 봐도 비
옥수수 먹고 봐도 비
산빛은 종일 푸르고
굴속 여우도 굶는다.

소한

쌩쌩 추운 날 골라
노인네 눈감았네.
꽃철 오면
맘 변할까,
서두른 게 분명하다.
빈 밭에 고라니 한 놈
난데없이 뛰어간다.

젖니

녹지 않은 잔설 위로
복수초 촉 돋았네!
소한 대한 견뎌 내고
솟구치니
의연하다.
요것 봐, 아기 잇몸에
쌀톨만 한
젖니 났어!

폭설

큰 눈 온 뒤
눈 구덩에 갇힌 고라니,
길 없는 백색 제국
고립된 산간 마을들.
공중에
박새 한 마리
설산(雪山) 등지고 날아간다.

돌개바람 이는 날

종일 비 오시고
돌개바람 이는 날
개들이 짖는다.
뭘까, 나라는 존재는
벽에 머리를 찧는 사연이
꽃 진 탓만 아니겠지.

적(寂)

종가(宗家) 고택(古宅)
뒤뜰 안
어린 딸 혼자 논다.
뜰에는 저 혼자 폈다 지는 민들레,
누억 년
금칠한 햇빛
눈부시게 내린다.

추사

봉은사에 가면 판전(板殿)이라는
딱 두 자 현판 글씨를 보고 오너라.
서툴고 졸렬하다.
지독히 못생긴 저 글씨에
내 심장 그만 멎는다.
붓 천 자루가 닳아 몽당붓이 되고
벼루 열 개가 닳아 구멍이 뚫렸다.
이만한 수고도 없이
추사 솜씨 얻었겠나!

사막

유엔 난민 지위를 얻은
모래들의 취락,
고요라는 짐승들의 집단 서식지,
뼈들의 명상 센터,
시간의 블랙홀.

영월

저녁이면 물것들이
살냄새를 맡고 몰려든다.
기절한 듯 몸 뉜
물설고 낯선 여숙(旅宿),
영월도 사람 사는 곳이라고
물것들이 일러 주는 것이다.

바둑 시편

패착과 자충수로 끝난
일국(一局),
이마를 찧는다.

나가고 물러설 때를
아는 일은 어렵다.

지금도 장고(長考) 중,
돌이 놓여야 할 자리는
딱 한 군데다.

*

이 반상(盤床)에서
흑과 백은 돌로서 평등하다.

이 무등(無等)의 나라에
피바람이 휘몰아친다.
천원(天元)이 흐려지고 화점(花點)마다 싸움이다.

일국(一局)의 삶이
있을 뿐이다.

*

급소를 맞자
바로 판세가 기운다.
유랑하는 곤마들.

평생을 가난에 쫓기다가 맞은
고단한 노경(老境)!

*

축이나 회돌이에 걸려
돌들이 한 무더기씩 뜯겨 나간다.
초년 운은 축이고
말년 운은 회돌이다.

이 판은 글렀다!
죽은 돌들이 흘린 피가
낭자하다.

오, 핏물 위에
수정 무지개!

*

속수(俗手)에 당하다니!
기운 국면,
자책은 깊다.
예기치 않은 곳에서
판은 끝난다.

어떤 경우에도
착점을 되돌릴 수는 없다.

*

두 눈 못 낸 대마가
꿈틀대며
무겁게 앞으로 나간다.
욕계(欲界)의 불길 속,
아들아, 사는 건
꽃놀이패가 아니더구나.

흑과 백을 끌어안은
태극이다.
대나무는 백 년에 한 번 꽃을 피우고
반상 위에서는
삶과 죽음이 찰나로 엇갈린다.
순간마다 백 년이
반상 위로 흘러간다.

*

혼자 복기를 한다.

패국의 빌미가 된
뼈아픈
딱 한 수의 과욕(過慾)!

*

흑백 돌들이 판 위에 어지럽다.
저녁은 모둠발을 딛고 오고
축에 걸린 돌들은
속수무책이다.
고독이 내 몸에 채찍질을 해 댄다.

*

피 마르는 싸움은
끝나고
몇 군데 잔 끝내기만 남겼다.
최선을 다했으니
후회 없는 화국(和局)이다.

다시 계가를 해 보지만
좁혀지지 않은 한 집 반 차이
이제 패배를 받아들이는 일뿐
공배를 메우는
손끝에 초저녁 별들이 뜬다.

*

퇴로는 끊겼다.
대마가 살길은 없다.

전체를 놓치고 부분에 집착한 탓,
이기는 법은 단순하나
지는 이유는 천 가지다.

행복은 단순하고
불행은 복잡하지 않던가.
거울의 뒷면 같은 진실,
더 큰 진실일수록
잘 보이지 않는다.

4부

숯의 노래

밤의 가장자리에서
숯이 타오른다.

제 몸 벌겋게 태워
부르는 노래,
필경 청음(淸音)을 얻었구나.

그러나 자만을 경계해라.
득음에 이르는 길은
멀고 또 멀다!

석불(石佛)

죽산 가는 길목,
머리 없는 석불
둘이 서서 비에 젖는다.

사그막골 두 노인네
점심 끼니로 찐 감자 두어 개
천일염에 찍어 먹고
종일 오시는 비나
내다본다.

초복

다리 밑에서 동네 남정네들이 모여
개를 잡고 있다.
무자비했다.
개 비명이 우레 같다.

이런 세상이구나!
이런 세상을
피안인 듯 살았구나!

가을 아침에

가을 아침에는
깊이를 거부한다.
이미 투명한 표면들이
깊이를 이루었다.
맑은 것들이 몰려온 이 아침,
외동딸은 멀리 있다.
혼자 사는 아비는
거울 앞에서 밤새 돋아난 수염을 깎는다.
가을 아침에 면도를 하는 일은
쓸쓸하면서도 기쁜 일이다.

변덕스런 날씨와
구름과 비,
우레와 더불어
나는 오래 묵은 새로움이다.

뿔

정수리가 근질근질하더니
그 자리에 금강석 촉이 돋는다.
숨어 있던 마음이 각질로 변하면서
살을 뚫는다.
이 초식 짐승의 징표,
뿔은 돋아나서
벽을 쿵쿵 들이받는다.
내겐 남모를 슬픔이 있는 게다.
북쪽 산간엔
첫얼음이 얼었다 한다.

저 여자!

저 앞에 걸어오는 젊은 여자,
만삭이다.
남의 애를 가진 저 여자,
발걸음이 당당하다.

한 몸 안에 두 생명이 동거하는
저 이쁜 둥근 몸,
저 무덤이 피안으로 가는
출구다!

소리박물관

소리박물관에 온 사람들은
소리박물관에 소리가 없다는 것에 놀란다.
소리박물관에 소리는 없고
소리 왕조(王朝)의 무덤에서 발굴한 부장품들,
소리의 화석들만 진열되어 있다.

소리의 상호 침투와 어지러운 메아리,
거기서 건너온 나는
소리박물관의 침묵이 낯설다.

침묵은 소리의 극명한 태초,
소리의 피안이다.
저 침묵에 귀의함으로써
소리는 소리의 생을 다한다.

가을의 시

가을이 오면
어제 굶은 자를 하루 더 굶게 하고
오래된 연인들은 헤어지게 하고
슬픈 자에겐 더 큰 슬픔을 얹어 주소서.
부자에게선 재물을 빼앗고
학자에게는 치매를 내리소서.
재물 없이도 행복할 수 있음을 알게 하고
닳도록 써먹은 뇌를 쉬게 하소서.
육상 선수의 정강이뼈를 부러뜨려
그 뼈와 근육에 긴 휴식을 내리소서.
수도자들과 사제들에게는
금욕의 덧없음을 알게 하소서.
전쟁을 계획 중인 자들은
더 호전적이 되게 해서
도처에 분쟁과 혁명과 전쟁이 일어나게 하소서.
아우슈비츠 이후에도 시를 써 온 자들은
서정시의 역겨움을 깨닫게 해서
이제 그만 붓을 꺾게 하소서.
그리하여 시집을 찍느라

열대우림이 사라지는 일이 없게 하소서.
다만 고요 속에서 시들고 마르고 바스러지는
저 무수한 멸망과 죽음들이
이 가을에 얼마나 큰 축복이고 행운인지를
부디 깨닫게 하소서.

장한몽

— 이문구

십 년 전 청진동 골목 어귀에서
스쳐 지나간 한 사내.
암소를 닮은 그 사내의 어깨에
상심한 별 몇 개가 떨어지고
바람은 한사코 외투 자락에 매달렸다.
그 뒤에 낙향 소식,
몸에 몹쓸 병이 슬었다는 소식,
세상보다 앞서 세상을 버렸다는 소식,
중모리 자진모리로 넘어가는 게 세월이던가.
중부 내륙의 기후는 여전한데
낙산사 동종(銅鐘)이 화마에 녹고
숭례문도 한 떨기 숭엄한 불꽃으로 졌다.
암소가 순한 눈으로 울 때
남쪽에는 동백꽃이 뚝뚝 졌다 한다.
다시 청진동 골목 어귀에 오니
낙향했다는 그 사내
우두커니 서 있다.
짧은 낮 긴 꿈
덧없다, 덧없다, 하며 천 년 거문고는 우는데

또다시 춘궁(春窮)의 시절이다,
해가 지고 있다.

성북동 호랑이

— 만해 한용운

호랑이가 내려오던 성북동 계곡이다.
구름이 탁족을 하던
그 계곡엔 집들이 빼곡하다.
남의 집 마당에 살구나무 홀엄씨가 그림자 데리고 사는데,
뒷방 윗목에 자개장롱 모시고
구한말(舊韓末) 살림 꾸리며 늙은 내외가 산다.
의가 좋다고도 나쁘달 수도 없는 쓸쓸한 내외를
주말마다 고등어 한 손을 사 들고 찾던 시절이다.
내외 중에서 적십자 병원으로 혈액투석 다니던
남자가 세상을 뜨고
혼자 남은 여자는 늙고 병들었다.
늙은 그 여자를 나는 어머니라고 부르는데,
아, 고등어조림을 식탁에 올리던 쓸쓸한 가계(家系)여.
배를 밀며 나아가는 길이
살 길이더냐 죽을 길이더냐.
오동꽃 피고
오동꽃 지고
의심 많은 나는 응달진 데나 들여다본다.
나의 가계 일부가 있던 성북동에 갈 때마다

해와 그늘과 구름과 초빙(初氷)과 맨드라미를 거느리며
성북동 일대를 오르내리던
심우장 호랑이를 생각한다.
굽실굽실 고개를 잘도 조아리던 중들 앞에서
악취가 난다고
포효하던 그 호랑이를 생각한다.

몽해항로 3

— 당신의 그늘

구월 들어 흙비가 내리쳤다.
대가리와 깃털만 남은 멧비둘기는
포식자가 지나간 흔적이다.
공중에 뜬 새들을 세고
또 셌다, 자꾸 새들을 세는 동안 구월이 갔다.
식초에 절인 정어리가 먹고 싶었다.
며칠 입을 닫고 말을 삼간 것은
뇌수막염에 걸린 듯 말이 어눌해진 탓이다.
여뀌와 유순한 그늘과 나날이 어여뻐지는
노모와 함께 나는 만월의 슬하에 든다.
당신의 그늘을 알아,
당신에게 그늘이 없었다면
몇 그램의 키스를 탐하지 않았을 터다.
만월에는 오히려 성운(星雲)의 흐름이 흐릿하다.
금식 사흘째다. 모자를 쓰고
안성 시내를 나갔다가 원산지 표시가 없는
쇠고기를 먹었다. 중국에서는 부화 직전의
알을 깨서 통째로 씹어 먹는다고 했다.
사람의 식욕은 처절하다.

초승달이 뜨고 모란꽃 지던 밤은
멀리 있었다, 밤엔 잠이 오지 않아
따뜻한 물에 꿀을 타서 마셨다.
흑해가 보고 싶었다.
물이 무겁고 차고 검다고 했다.
날이 차진 뒤 장롱에 넣었던 담요를 꺼냈다.
안성종고 이영신 선생이 올해 텃밭 수확물이라고
고구마 한 박스를 가져왔다.
조개마다 진주가 들어 있는 것은
아니다. 삽살개의 눈에 자꾸
눈곱이 낀다. 속병을 가진 모양이다.
집개는 아파도 아프다는 소리를 못하는데,
나는 치통 때문에 신경 치료를 받으러
두 달간이나 치과를 드나든다.
작년보다 흰 눈썹이 몇 올 더 늘고
바둑은 수읽기가 무뎌진 탓에 승률이 낮아졌다.
흑해에 갈 날이 더 가까워진 셈이다.

몽해항로 4

—낮에 보일러 수리공이 다녀갔다

겨울이 들이닥치면
북풍 아래서 집들은 웅크리고
문들은 죄다 굳게 닫힌다.
그게 옳은 일이다.
낮은 밤보다 짧아지고
세상의 저울들이 한쪽으로 기운다.
밤공기는 식초보다 따갑다.
마당에 놀러 왔던 유혈목이들은
동면에 들었을 게다.
개똥지빠귀들은 떠나고
하천을 넘어와 부엌을 들여다보던 너구리들도
며칠째 보이지 않는다.

나는 누굴까, 네게 외롭다고 말하고
서리 위에 발자국을 남긴 어린 인류를 생각하는
나는 누굴까.
나는 누굴까.
낮에 보일러 수리공이 다녀갔다.
산림욕장까지 갔다가 돌아오는 길에

아무도 만나지 못했다.
속옷의 솔기들마냥 잠시 먼 곳을 생각했다.
어디에도 뿌리 내려 잎 피우지 마라!
씨앗으로 견뎌라!
폭풍에 숲은 한쪽으로 쏠리고
흑해는 거칠게 일렁인다.

구릉들 위로 구름이 지나가고
불들은 꺼지고 차디찬 재를 남긴다.
빙점의 밤들이 몰려오고
물이 언다고
물이 언다고
저 아래 가창오리들이 구륵구국 구륵구국 운다.
금광호수의 물이 응결하는 밤,
기름보일러가 식은 방바닥을 덥힐 때
나는 누굴까,
나는 누굴까.

몽해항로 5

—설산 너머

작약꽃 피었다 지고 네가 떠난 뒤
물 만 밥을 오이지에 한술 뜨고
종일 흰 빨래가 펄럭이는 걸 바라본다.
바람은 창가에 매단 편종을 흔들고
제 몸을 쇠로 쳐서 노래하는 추들,
나도 몸을 쳐서 노래했다면
지금보다 훨씬 덜 불행했으리라.
노래가 아니라면 구업을 짓는
입은 닫는 게 낫다.
어제는 문상을 다녀오고,
오늘은 돌잔치에 다녀왔다.
내가 어디에서 와서 어디로 가는지
더 이상 묻지 않기로 했다.
작약꽃과 눈(雪) 사이에 다림질 잘하는 여자가
잠시 살다 갔음을 기억할 일이다.
떠도는 몇 마디 적막한 말과
여래와 같이 빛나는 네 허리를 생각하며
오체투지하는 일만 남았다.
땀 밴 옷이 마르면

마른 소금이 우수수 떨어진다.
해저보다 깊고 어두운 밤이 오면
매리설산(梅里雪山)을 넘는 야크 무리들과
양쯔강 너머 금닭이 우는 마을들을 떠올린다.
누런 해가 뜨고 흰 달이 뜨지만
왜 한번 흘러간 것들은 다시 돌아오지 않는가.
바람 불면 바람과 함께 엎드리고
비가 오면 비와 함께 젖으며
곡밥 먹은 지가 쉰 해를 넘었으니,
동쪽으로 난 오솔길을 따라가는 일만
남았다. 저 설산 너머 고원에
금빛 절이 있다 하니
곧 바람이 와서 나를 데려가리라.

몽해항로 6

— 탁란

가장 좋은 일은 아직 오지 않았을 거야.
아마 그럴 거야.
아마 그럴 거야.
감자의 실뿌리마다
젖꼭지만 한 알들이 매달려 옹알이를 할 뿐
흙에는 물 마른자리뿐이니까.
생후 두 달 새끼 고래는 어미 고래와 함께
찬 바다를 가르며 나가고 있으니까,
아마 그럴 거야.
물 뜨러 간 어머니 돌아오시지 않고
나귀 타고 나간 아버지 돌아오시지 않고
집은 텅 비어 있으니까,
아마 그럴 거야.

지금은 탁란의 계절,
알들은 뒤섞여 있고
어느 알에 뻐꾸기가 있는 줄 몰라.
구름이 동지나해 상공을 지나고
양쯔강 물들이 황해로 흘러든다.

저 복사꽃은 내일이나 모레 필 꽃보다
꽃 자태가 곱지 않다.
가장 좋은 일은 아직 오지 않았어.
좋은 것들은
늦게 오겠지, 가장 늦게 오니까
좋은 것들이겠지.
아마 그럴 거야.
아마 그럴 거야.

속시경(續詩經)

문광훈(문학평론가·고려대 아세아문제연구소 교수)

사람의 세상살이가 급속도로 변하고 있다. 이러한 변화는 개체적·개인적 차원에서도 그렇고 사회적·집단적 차원에서도 그렇다. 국내적 차원에서도 그러하듯이 국제적 차원에서도 다르지 않다.

국민의 반 이상이 거주하는 아파트의 삶에서 이사 가는 이웃은 일주일이 멀다 하고 연달아 생겨나듯이, 동네의 보행로는 익숙해질 즈음이면 다시 뜯어고쳐지고, 나다니는 거리에 새 건물이 들어서듯이 이전 건물은 어느새 허물어지고 없다. 국내를 빠져 나가는 것은 휴가철의 여행객만이 아니다. 오늘날 이주의 삶은, 그것이 노동을 위해서건 결혼을 위한 것이건, 전 지구적 추세가 되어 있다. 그렇듯이 우리는 마음만 먹으면, 언제든 인터넷으로 지구상의 어느 곳이라도 기웃거려 볼 수 있고, 그 사정을 대략이나마 확인할 수 있게 되었다.

이 항존하는 변화와 그 가속도 그리고 그로 인한 보편화된 이동에 노출된 오늘의 삶은 얼핏 보면 이전보다 더 많은 자유와 경험과 정보를 주는 듯하다. 그래서 사람들은 더 활달하고 더 영리하며 더 민첩한 것처럼 보이기도 한다. 이것은 필요하다. 각 시대가 요구하는 그때그때의 현실 조건이 있고, 이런 조건에의 적응이 생존에 전제된다면, 그것은 이해의 사항이기 이전에 불가피한 것이 된다. 문제는 불가피한 것으로 간주되는 적응의 삶에서 우리가 어느 정도까지 그 조건에 따르고, 어느 정도까지 이 조건을 주체적으로 변형시켜 내는가 하는 점일 것이다.

주체성과 책임성, 자발성과 자율성은 이런 변형을 위해 필요한 덕목이다. 내가 얼마나 책임감을 가지고 주체적이고도 자발적으로 외적 현실의 조건에 대응하는가에 따라 삶은 필연적 제약 속에서도 일정하게 변화될 수 있기 때문이다.

1 비시적 시대의 시

변화되는 삶, 변화할 수 있는 삶이란 현실성으로서의 삶이 아니라 가능성으로서의 삶이다. 시는, 간단히 말해, 가능성으로서의 삶 — 기존의 삶에서 이 기성 질서를 넘어

어떻게 그와는 다른 삶이 가능할 수 있는지를 탐구한다. 문학이 그렇고, 문학예술의 경험도 그러하다. 시는 삶에서 일어나는 크고 작은 일을 미세하게 관찰하고 생생하게 기억하며 정확하게 기록하면서 인간과 그 주변을 돌아본다. 그러면서 있어야만 했음에도 있지 않았던 것을 되뇌고, 일어나지 말았어야 했음에도 일어났던 것을 직시하고자 한다. 그것은 단순히 아쉬움이나 안타까움의 피력에 그치는 것이 아니라 사실의 진상(眞相)과 직면하면서 삶과 정직하게 대면하고자 한다. 이 대면의 충실한 기록은 그 자체로 기존 질서에 대한 부정적 대안 — 가능성의 탐색으로 기능할 수 있다.

시란 단순히 음풍농월이나 영탄거리가 아니다. 그것은 현실을 정면으로 마주 보고 투시하며 그와 대결하는 일이다. 그러나 이러한 대결은 칼이나 창으로 하는 게 아니라 두 눈 부릅뜨고, 어떤 감상도 불허하는 감수력으로, 그래서 그 어떤 미화도 삼가는 언어의 정밀성으로 행하는 것이다. 이를 위해서는 수련이 필요하듯 한가가 필요하고, 개입이 요구되듯 명상도 절실하다. 다양한 관점과 응전의 방식이 삶의 전체를 포착하기 위해 요구되는 것이다. 시를 공부하는 것은 '전체'를 공부하는 것이라고 김수영은 쓰지 않았던가.

이런 관점에서 보았을 때, 오늘의 속도 세계 — 어떠한 성찰이나 점검을 가만히 앉아 하기 어려운, 그런 성찰의 시간을 허용하는 데 인색한 현실은 철저히 비시적인 것처럼 보인다. 시적인 것이, 줄이건대, 타자를 통한 자기 투시 그리고 자기 주시를 통한 타자에의 참여라고 한다면, 이런 참여를 위한 반성은 오늘날의 가속도 사회에 어울리는 것 같지 않다. 우리는 추호의 지체 없이 앞으로만 내달려야 하고, 이렇게 달리며 이웃을 밀쳐 내야 하며, 이런 싸움에서 성과와 업적과 이윤을 입증해 보여야 한다. 그렇지 않으면, 누구에게라도 손가락질 받고 언제든 쫓겨나며 어디서라도 무능하다고 비난받게 되어 있다. 실직의 조건, 생계의 위협은 곳곳에서 목을 죈다. 멀쩡하게 나다니던 사람이 하루아침에 직장에서 쫓겨나고, 어느 날 갑자기 신용 불량자가 되었다가 두어 주 사이에 노숙자로 전전하거나, 아이와 부모가 함께 목숨을 끊는 일은 2010년의 한국 사회에서 적지 않다.

이 무자비하리만치 개화해 버린 자본주의의 시장지상주의적 사회에서 우리는 무엇을 할 수 있을까? 효율과 이윤이 시대의 이념으로 자리하고, 경쟁과 싸움이 현실의 실상이 되어 있으며, 이 거친 삶의 전장에서 승자가 모든 것을 독점하는, 아니 독점하도록 조장되고 부추겨지는 약육강식의 정글 사회에서 무엇이 옳은 길일 수 있고, 어떤 것이 바른 삶의 방식일 수 있는가? 시는 사람이 이 현실을 살아가는 데 과연 어떤 의미 있는 항체가 될 수 있는가? 이것은 무거운 물음이 아닐 수 없다.

자본주의 상품 소비사회는, 발터 벤야민이 지적했듯이, '언제나 동일한 것의 영원한 재귀'로 특징지어질 수 있다. 구태의연한 것들이 언제나 '새것'이란 이름으로 끊임없이 등장하고, 이렇게 반복되는 역사는 많은 것들 — 작고 여리고 미세한 것들을 억누르면서 유지된다. 그리하여 역사는 기억하는 것 이상으로 망각하고, 칭송하는 것 이상으로 배제한다. '정상적' 규범에 들어맞지 않거나, '공식적' 문화에 어긋나는 것이면, 대개 변두리로 밀려나 버린다.

오늘의 자본주의는 가축이나 노예로부터 토지와 기계를 거쳐 이제 돈/금융으로 소유의 대상을 옮겨 가게 되었다. 이제는 땀과 노동이 상품을 생산하는 단계를 넘어 돈이 상품을 대신하면서 돈을 낳는다. 그렇듯이 이자가 이자를 낳고, 이자를 못 갚는 채무자는 '신용 불량자'로 매도된다. 물론 이들 중에 분수 모르는 과소비자들도 있다. 그러나 죄과 없이 죄인이 된 경우도 많다. 신용 불량자들에겐 도덕도 없는 것으로 간주되고, 심지어 살 권리마저 박탈된다. 그래서 '무능력자'로 낙인찍히는 것이다. 이 금융자본주의의 세태에서 사람들은 자기들의 수익 활동을 '파이낸싱'이라 부르지 '돈놀이'라고 부르지 않는다. 그렇듯이 언제라도 쫓아낼 수 있는 것을 '노동시장 유연화'라고 부른다. 이른바 '구조 조정'이란 합리화의 미명 아래 행해지는 노동 유린 혹은 노동 해체가 될 것이다.

우리는 단순히 자본축적의 수탈/착취의 구조를 드러내

는 데 만족하는 것이 아니라 그 메커니즘의 경로를 직시해야 하고, 이런 직시를 통해, 마치 지식과 권력의 유착 관계를 문제시하듯이, 자본과 권력의 관계를 문제시할 필요가 있다. 그렇듯이 신경세포와 의식은 어떻게 관계하고, 문명사적 삶의 한계와 자연사의 관계는 어떠하며, 이 지구적 삶과 우주적 차원은 어떻게 이어지는지도 허황된 것으로 외면하지 말아야 한다. 이토록 생활 세계는 복잡하고 불순해져 버렸다.

상품 소비사회에서 예술은 더 이상 순수 부정성으로서가 아니라 하나의 상품으로서 광고나 선전처럼 기능하면서 동시에 어떤 사회적 항체로 자리한다. 이런 난관 앞에서 제대로 기능하려면, 그래서 오늘의 시대를 살아남으려면, 예술은 이전보다 더 이질적이고 더 다층적으로 작동해야 하고, 시의 인식은 이전보다 훨씬 정밀하고 복합적이지 않으면 안 된다.

그러나 우선 필요한 것은 능력의 자임이 아니라 무기력의 인정일지도 모른다. 어쩌면 아무것도 할 수 없다는 것, 문학은 이제 현대적 삶에 더 이상 어울리지 않는 것일지도 모른다는 것, 세계는 근본적으로 경제와 자본과 시장의 세계이지 시의 세계는 아니라는 것을 우리는 이제 받아들여야 할지도 모른다. 문학과 예술 그리고 문화의 시대는 이미 떠나가 버렸으며, 따라서 그것은 마치 향수처럼 머나먼 시절의 삽화에 지나지 않을 수도 있다. 설령 시가 오늘날 가능하다면, 그것은 오직 이 층층이 쌓인 인류사적 자패감을 우선 인정해야 하며, 이런 자패감에서 오는 폐허의 의식에서 시작될 수 있을지도 모른다. 그것이 오늘날의 시가 처한 우울한 현주소다.

어쩌면 시는 이 자체로 몰락할 것이며, 이 몰락은, 모든 예술의 장르 역시 사회 역사적 조건 아래 생멸하는 것인 한, 당연할 수도 있다. 그러나 그것은 정녕 당연한가? 시의 무기력 나아가 그 소멸은 당연해도 좋은 것인가? 여기 한 시집이 있다.

2 비린내

장석주의 시집 『몽해항로(夢海航路)』에는 어둠이나 그믐, 가뭄, 슬픔, 찬밥, 어슬함, 황혼 녘, 먼 곳, 늙어 감, 소멸, 죽음 등의 어두운 정서가 주조를 이루고 있다. 이것은 쉰을 넘긴 시인의 나이에서 오는 것일 수 있지만, 그보다는 시란 원래 삶의 그늘에 친숙하기 때문이기도 할 것이다. 그늘이란 무엇보다도 삶이 유한한 데서 온다. 유한성의 조건이, 이 필연적 조건에 대한 자의식이 실존의 그믐을 이룬다.

유한한 생명의 조건은 인간 필연성의 조건이다. 그것은 인간으로서는 어쩌지 못하는, 그저 받아들여야만 하는 굴레와 같다. 그래서 운명처럼 보인다. 사람은 이 유한한 필연성에 굴복한다. 그러나 그렇다고 해서 그의 어리석음이 없어지는 건 아니다. 과욕을 부리거나 일을 서두르는 건 그 때문이다. 오류의 반복은 인간에게 불가피하다. 시인 역시 다르지 않다. "얼룩이 나를 가리켜/ 얼룩이라 한다./ 성급함과 오류들이/ 내 얼룩들을 만들었을 것이다./ 감히 무늬라고 우기지 못하고/ 크게 상심한다."(「얼룩과 무늬」) 운명에의 굴복은 낙담으로 표출될 수도 있고, 수긍의 형태를 띨 수도 있다. 한탄이나 비관이 낙담의 표시라면, 순응하고 수긍하면서 대결할 수도 있다. 순응이 대응의 소극적 형태라면, 대결은 그 적극적 모습이 될 것이다. 시인의 현실 응전은 그와 같은 것일까. 여기에서 드러나는 것은 전장(戰場)으로서의 삶이다. 이것은 「바둑 시편」에 잘 나타난다.

이 반상(盤床)에서
흑과 백은 돌로서 평등하다.

이 무등(無等)의 나라에
피바람이 휘몰아친다.
천원(天元)이 흐려지고 화점(花點)마다 싸움이다.

일국(一局)의 삶이
있을 뿐이다.

—「바둑 시편」에서

세상은 원래 "무등(無等)의" "평등"한 "나라"다. 그러나 이 나라에서 싸움은 끊이지 않는다. 살아남기 위해서다. 그래서 삶의 중심은 자주 흐려지고 곳곳에 싸움이 벌어진다. "천원(天元)이 흐려지고 화점(花點)마다 싸움이다." 어쩌면 한 번의 싸움, 단 1회의 전투가 있을 뿐인지도 모른다. 이 단 한 번의 싸움이 인간의 전 생애를 규정하는지도 모른다.

그러나 이것을 안다고 해도 그 현명한 대처는 어렵다. 나아가고 물러서야 할 때를 잘 모르기 때문이다. 타고난 맹목이 분별력을 방해하기 때문이다. 그러니 이것은 단순히 실수라고 말할 수 없다. 그것은 과욕 탓이다. 이런 과욕 끝에 남은 것은 이미 일어난 일 — 패배를 수습하는 것이다. 시적 화자는 그래서 주변을 정리한다. "퇴로는 끊겼다./ 대마가 살길은 없다./ 전체를 놓치고 부분에 집착한 탓,/ 이기는 법은 단순하나/ 지는 이유는 천 가지다."(「바둑 시편」) 이제나저제나 문제는 전체다. 궁극적 지향점은 아마도 삶의 온전성을 어떻게 회복하는가가 될 것이다. 그러나 이 온전성은, 이 온전성에 다가가기 위해 동원되는 여하한 편법을 경계하는 데서 얻어진다.

전장의 현실에서 시인이 특히 경계하는 것은 비속한 행태들이다. 비열하거나 천한 모습들, 이것은 한편으로 남(약자)을 못살게 굴면서 다른 한편으로 남(강자)에게 굴종적으로 행동하는 데서 잘 나타난다. 남의 피를 빨아먹고 사는 모기가 앞의 경우라면, "지문이 다 닳"을 정도로 "평생을/

손발 빌며 살아"가는 파리는 그 뒤 경우다.(「모기」, 「파리」) 그러나 이런 경계에도 불구하고, 그 같은 응전에서도 환멸은 있다. 세태란 어떤 다짐이나 결의마저 헛된 몸짓으로 만들어 버리기 때문이다. 그래서 시인은 현실을 외면하고픈 충동도 느낀다. "세상은 어지러웠다./ 어제의 친구가 적으로 표변하여/ 벼린 칼을 겨누고/ 베는 세태가 무서웠다./ 세상을 등지는 게/ 살길로 보였다."(「심해어」) 시인은 마치 심해어처럼 눈과 귀를 다 막은 채 숨어 지내고자 한다.

시인은 심해어를 "어둠 속에서 몸을 환하게 밝히는/ 저 은둔 군자들!"로 칭송하지만, 그리고 이런 칭송은 혹여 쉽게 부른 노래가 아닌가 여겨지기도 하지만, 현실의 촉수는 여전히 견지된다. 생활이 어떻게 이루어지며 나날이 무엇을 먹고 계절은 어떻게 변해 가는지 그는 늘 되뇐다. "어제 낮에는 핏물이 있는 고기를 씹다가/ 구역질이 나서 더 먹지를 못했다./ 비루해, 비루해. 남의 살을 씹는 거,/ 내 구강(口腔)에서 날고기 비린내가 난다."(「몽해항로 2 — 흑해행」) 예민한 감각으로는 육식하기 어려울 것이다. 거꾸로, 육식한다는 건 그만큼 무디다는 증거일 수도 있다. 그러나 이 같은 비루함이 늘 타기할 만한 건 아니다. 어쩌면 그것은 그냥 그대로 받아들여야만, 받아들이며 견뎌야만 하는 것인지도 모른다. 그러나 이때의 긍정은 아무래도 좋다는 식의 수긍이라기보다는 직시를 통해 이루어진다. 취객이 뱉어 놓은 것을 달라붙어 먹는 비둘기를 보고 "숭고한 수행(修行)" 혹은 "장엄한 일"이라고 말하면서도(「비둘기」), 동네 남자들이 잡는 개의 "우레" 같은 비명에 "이런 세상이구나!/ 이런 세상을/ 피안인 듯 살았구나!"라고 그가 토로하는 건 그 때문일 것이다.(「초복」)

필연성의 조건도 무조건적으로 수긍되는 것이 아니라 실상의 직시를 통해 검토되어야 하고, 이런 검토 속에서 어떤 건 부정되고 또 어떤 건 다시 긍정될 수 있다. 필연성의 목록도 그 자체로 확정된 것이 아니라 시대와 상황에 따라, 또 개인의 삶과 대응 방식에 따라 조금씩 변화하는 것이다. 이런 식으로 필연성의 운명적 조건도 인간적 조건으로 최대한 변형될 수 있다. 예술이 세계의 인간화에 복무해야 한다면, 예술의 하나인 시 역시 이런 식으로 삶의 인간적 조직화에 기여한다. 시는 단순히 먹고사는 일의 설움을 토해 내는 데 그치는 것이 아니라 이 설움에도 불구하고 항의하고, 이런 항의 속에서 다시금 긍정하는 데 있기 때문이다. 여기서 숭고함이란 부정 아래서도 긍정될 수밖에 없는 몸짓의 끝 간 데를 일컫는 것인지도 모른다. 이때 인간적 개입과 체념은 이웃한다.

나날의 삶이 비루하다고 해서 이 비루함이 곧바로 벗어날 수 있는 건 아니다. 그것은 더 큰 곤란을 야기할 수도 있다. "사람 사는 곳"이란, 으레 "물것들이/ 살냄새를 맡고 몰려드"는 곳이기 마련이다.(「영월」) 사는 일이 지루하여 나선 길은, 「달팽이」가 보여 주듯이, '고달픈 노숙'만을 허용

한다. 그렇다고 해서 가만히 있을 순 없다. 어떤 몸부림이라도 있어야 한다. 이 몸부림에서 의지가 되는 건 노래다. 시인은 시의 노래를 부르고자 한다. 마치 귀뚜라미처럼 "울음으로써" 자신의 "노동을 마치"고자 하고(「귀뚜라미」), "지하 감옥 칠 년 끝에/ 보름 남짓" 자유로운 매미처럼 자신의 설움을 풀어내고자 한다.(「매미 1」) 노래는 설움이고 자유이고 노동이고 울음이다. 낙인과 자유 사이에 시가 있고, 억울과 탈각 사이에 시인의 몸부림이 있다. 일평생도 한 철일 뿐이라면, 노래와 춤 — 예술 이외에 그 무엇이 지금 여기를 견디게 해 줄 수 있겠는가.

3 당신의 허리

시인은 삶에서 일어나는 것들을 노래한다. 이 많은 것들 중에서 가장 즐겨 부르는 것은 무엇일까? 그것은 생명의 싱싱한 기운으로 보인다. 이 기운은 풀이나 나무에서 푸르름으로 나타나고, 사람에게는 젊음으로 나타난다. '청산'이나 '새순', '초경' 혹은 '젖니'는 이런 푸르름을 노래하는 여러 단어가 될 것이다. 「풀밭을 걸어 봐!」에는 이런 경쾌한 기분이 잘 드러나 있다.

자, 걸어 봐, 풀밭을!
발바닥 밑에서 꿈틀대는 고양이의 등을,
먼 곳을 휘돌아 흐르는 밤 강물을,
파릇하게 돋는 별자리를,
오오, 무지개를 꺾어 들고 갈래.

염소 뿔에 받힌 밤하늘 아래
그림자를 발명하는 맨발들.
내 이쁜 이복 누이들, 자, 맨발로 느껴 봐,
지층에 숨은 물길들을,
둥근 젖가슴의 푸른 정맥들을,
당신 핏속엔 오월의 어린 별들이 내려와
탬버린을 치며 노래를 하네.

—「풀밭을 걸어 봐!」에서

시인은 현실의 속도와 소음에 녹초가 된 모양이다. 나날이 먹는 것, 그가 다니는 곳은 어떤 경고등처럼 나타난다. 그는 자연스러운 것 — 삶의 본래적 리듬을 억압하지 않는 상태를 희원한다. 그런 그가 제안하는 것은 풀밭에서 맨발로 걷는 것이다. 맨발로 걸으며 "발바닥 밑에서 꿈틀대는 고양이의 등을,/ 먼 곳을 휘돌아 흐르는 밤 강물"을 느끼고, "지층에 숨은 물길들을,/ 둥근 젖가슴의 푸른 정맥들을" 느껴 보라고 그는 말한다. 그렇게 하면, 밤하늘의 별들이 핏속으로 내려오고, 우리의 온몸에, 가슴과 머리와 이마에 “초록 풀물이 들” 것이라고 말한다.(같은 시)

그러나 이것은 오늘의 일이라기보다는 과거의 일로 보인다. 시적 화자도 이 푸른 한때를 지나왔다고 고백한다. 그렇게 지나온 내역을 그는 아쉬워하기도 하고, 때로는 희망없이 그리워하기도 한다. 웃통 벗고 농구 하는 애들은 그에게는 “초록 입술 내밀어/ 햇빛을 쪽쪽 빨아들이”는 “새순”처럼 보인다.(「서귀포」) 그러나 이것이 지난날이었다고 해도, 지금은 어쩔 수가 없다. 그는 그러저러한 채로, 「나의 한때는 푸르렀다」가 보여 주듯이, 이러한 경로를 받아들이고자 한다. “어느덧 집은 낡았다.// 금생(今生)을 용서하니,// 식욕이 푸르렀다.” 소나무는 굽어 있어도 솔잎은 푸를 수 있을 것이다. 아마도 이런 긍정이 가장 잘 나타난 것은 「청산에 살다」일 것이다.

> 불볕 속을 걸어가 잘 익은 오디 하나를 입에 넣으며
> 내 입술이 닿았던 네 몸 때문에
> 기억의 가장 연한 부분이 예민해진다.
> 며칠째 불볕이 구운 노을은 색이 곱고
> 저녁 공기도 덩달아 노릇노릇 잘 구워졌다.
>
> 오늘은 신갈나무 푸른 그늘 아래
> 청삿자리 깔고 종일 책이나 읽는다.

네가 가고 난 뒤 일손을 아예 놓아 버렸다.

까슬한 모시 바지 적삼 입고

아침나절부터 집 가까이 와서 우는 뻐꾹새 울음에나 귀를 내놓고

나무 그늘 아래에서 소일하는 것이다.

한량으로 남은 세월을 건너가도 좋겠다는

기특한 생각이 스쳤다. 어젯밤에는

반딧불이 두 촉이 덤불 위에서 반짝였다.

음력 칠월 칠석은 아직 멀었다.

이 시에서 강조해야 할 것은 한적한 삶이 그저 목가적으로 묘사되는 데 그치는 건 아니라는 사실일지도 모른다. 전체적 분위기로 보아, 그것은 자연 순응이라는 전통적 방식을 따르고 있음에도 불구하고, 만남이 남긴 이런저런 여파와 그 앙금은 무시되지 않는다. 그것은 아무렇지도 않은 듯 기억되긴 하지만, 그렇다고 그것이 '상처'나 '고통'으로 지칭되지도 않는다. 사람은 자신의 경험을 얼마나 쉽게 고통이라고 부르는 것인가? 모든 아픔은 그 나름으로 절절하다. 그러나 그렇다고 해서 모든 고통이 똑같은 아픔인 것은 아니다. 고통에도 저마다의 심도는 있다. 아마 아픔을 모두 고통이라 부른다면, 삶의 진짜 고통은 어디에서도 휘발되어 버릴지도 모른다.

타성(惰性) 아래서는, 그것이 언어의 타성이건 감각의 타성이건, 모든 게 공회전한다. 익숙한 고통은 더 이상 고통이 아닌 까닭이다. 시적 화자는 그것을 직시한 듯하다. 그는 자기 아픔을 두고 그저 "기억의 가장 연한 부분이 예민해진다"라고 표현한다. 이렇게 표현하며 시인은 곱디고운 저녁노을을 말하고, 포근한 저녁 공기도 언급한다. 나무 그늘 아래에서 자리 깔고 누워 책을 읽거나 집 가까이서 우는 뻐꾹새 울음에 귀를 빌려 주기도 한다. 그러면서 "한량으로 남은 세월을 건너가도 좋겠다는/ 기특한 생각"도 떠올리지만, "덤불 위에서 반짝이"는 반딧불이 "두 촉"을 보며 이렇게 끝을 맺는다. "음력 칠월 칠석은 아직 멀었다."

시적 화자와 그대, 내가 당신과 만나는 일은 그러니 아직 더 기다려야 한다. 이렇게 기약 없이 홀로 견디며 우리는 세월의 강을 건너가야 한다. 이렇게 견디며 세월을 이겨내는 데 삶은, 이 살아 있음을 증거하는 푸른 것들은 가장 큰 위로다.

> 판자들은 삭고 판자에 박힌 못들은
> 붉은 땀을 흘리며 세월을 견딘다.
> 조카딸년과 당신과 사철나무는 푸르고,
> 이쁜 것들은 다 푸르다.
> 나는 뻔뻔한 자들과 연루되었다.
> 용서하는 자가 아니라 용서받아야 할 자다.

푸른 것들만 무죄다.
푸른 것들의 계보에 속하는
당신 속에는 암초와 법칙들이 자라난다.
나를 용서할 수 없기 때문에
당신을 사랑할 수 없다.

—「저공비행」에서

「저공비행」에서 "푸른 것"은 우선 생명을 가진 어린 것들이지만, 더 나아가면 그것은 "이쁜 것들"이고, 또 더 나아가면, 나와는 달리 "뻔뻔한 자들과 연루되"어 있지 않은 모든 것이다. 그래서 그것은 "무죄"의 존재들이 된다. 생명이 있고 지순한 것들이, 시인이 보기에, 이 "푸른 것들의 계보에 속"한다. 이 계보는 그 나름의 "암초와 법칙"을 가진다. 푸른 암초란 뻔뻔한 자들의 접근을 좌초시킬 것이고, 그 법칙은 죄 있는 자들의 출입을 불허할 것이다. 뻔뻔하고 죄지은 자들은, 판자에 박힌 못처럼, 아마도 "붉은 땀을 흘리며" 세월을 견뎌야 할 것이다. 현실의 바다을 배로 밀고 가며 용서를 구하고, 타성을 거스르며 자기의 꽃눈을 스스로 피워 내야 한다. 이것을 주시하는 게 시의 저공비행이라면, 이렇게 주시하며 살아야 하는 건 삶의 저공비행이다.

시는 반성적 저공비행을 통해 모든 서정적인 것의 역겨움을 물리쳐야 한다. 푸른 것에는 암초가 박혀 있기 때문이다. 모든 아름다운 것은 끔찍함의 다른 이름인 까닭이다.

이렇게 물리치면서 우리는 오늘 여기에 맞는 시적 가능성을 언제나 새롭게 세울 수 있어야 한다. 이것이 푸른 생명의 계보를 기억하는 예술의 현존 예찬법이다. 가차 없는 정직성이야말로 시적 특징이다. 바로 이 정직성이 장석주의 시적 응전을 적극적인 것으로 만든다. 그는 현실을 미화하는 것이 아니라 정면으로 대면하고자 한다. 그는 현실을 껍데기로 포장하는 것이 아니라 그 껍데기를 들춰내며 대결한다. 자기가 사랑한 것은, 흔히 읊조리듯, 연인의 "영혼"이 아니라 "그 허리"라고 말하는 것은 이런 정직한 투시의 결과로 보인다.

초겨울 찬비 오고
젖은 채 어는 빨래,
당신 떠난 뒤 뒤늦게 깨닫는다.
그토록 사랑했던 건
당신의 영혼이 아니었어,
오, 그 허리!

—「당신에게」 전문

우리는 영혼이나 초월을 쉽게 얘기한다. 그렇듯이 정신적 사랑을 말하고 영원성의 가치를 자주 찬양한다. 그런 면이 없지 않다. 그러나 그것은, 예술사적으로 보면, 서구의 전통적 예술 이해에서 나타나는 고답적인 범주라고 할 수 있다. 말하자면 현실의 실상을 은폐하거나 왜곡함으로써 지배계급의 지배 혹은 기성 질서의 논리를 정당화하는 이데올로기로 기능하는 데 일조한다. 이보다 더 큰 문제는 이런 관점 아래에서 육체는, 마치 경험이나 현세 혹은 구체성의 가치처럼, 폄하되어 버린다는 사실이다.

그러나 중요한 것은 육체와 영혼, 경험과 초월, 형이하학과 형이상학 사이의 양자택일이 아니다. 이 둘은 다 같이 삶의 세계를 구성하는 까닭이다. 그러나 그것이 어느 쪽이어도 좋다거나, '손쉬운 종합'에 자족하는 건 곤란하다. 종합은 자동적으로 얻어지는 게 아니기 때문이다. 섣부른 기대나 환상만큼 삶에 위험한 건 없다. 손쉬운 화해의 구호가 얼마나 많은 왜곡과 폭력을 야기했는가. "조개마다 진주가 들어 있는 것은/ 아니다."(「몽해항로 3 — 당신의 그늘」) 말하자면 둘 사이의 긴장 — 길항 관계적 에너지를 삶의 지금 여기로, 나에게로, 우리의 삶에 유용한 에너지로 변환시키는 것이 필요하다. 사고의 이 변증법적 긴장을 유지하기에 시인은 단순히 지금 여기에 자족하거나, 거꾸로 오늘의 삶을 피해 초월적 세계로 일탈하지 않는다. 그 대신 현재적 현실의 가혹함을 직시하는 가운데 그 아닌 것 — 현존적 삶의 다른 가능성을 염두에 두는 것이다. 그가 만삭의 여인을 보며 "한 몸 안에 두 생명이 동거하는/ 저 이쁜 둥근 몸"을, 이 "무덤" 같은 몸을 "피안으로 가는/ 출구"라고 적는 것은 이 때문일 것이다.(「저 여자!」)

시인은 단순한 생명 예찬 혹은 내세 초월이 아니라 지금 여기에서 가능한 초월로의 어떤 길 — 무덤과 생명이 병존하는 공간을 떠올린다. 이질적인 것의 병존이 꿈꾸어지는 것은 현존하는 것의 변형 가능성 때문이다. 혹은 더 간단히 말하여, 부자가 재물을 넘어서고, 지식이 치매를 감당하는 것이다. 그래서 「가을의 시」가 보여 주듯이, "재물 없이도 행복할 수 있"고, "닳도록 써먹은 뇌를 쉬게" 하는 것이다. 그렇게 하여 재물의 허망함과 지식의 헛됨을 헤아리는 것인가. 왜냐하면 모든 권력적인 것들 — 재력과 지력(知力)으로부터 거리를 둘 때, 행복의 지평이 열릴 것이기 때문이다. "다만 고요 속에서 시들고 마르고 바스러지는/ 저 무수한 멸망과 죽음들이/ 이 가을에 얼마나 큰 축복이고 행운인지를/ 부디 깨닫게 하소서." 소멸과 죽음의 명상 없이는 더 큰 세계 — 화응하는 세계로 나아가기 어렵다. 그리하여 우리는 생명으로부터 곧장 피안으로 달려가는 것이 아니라 죽음의 통과의례를 떠올리고, 연인의 영혼 이전에 그 허리를 떠올리면서도 영혼과 육체로 이뤄진 어떤 아름다움을 생각하는 것이다.

아름다움은 오래가지 못한다. 사랑하는 이를 생각하는 것이 늘 사랑스러운 건 아니다. 연인이 다녀가면 시의 화자는 며칠을 앓고, 불볕마저 여러 날 이어지지 않는가. 그러다가 "초겨울 찬비" 속에서 빨래가 얼게 될 때, 지난 사랑이 다시 문득 다가오는 것이다. 그것은 고통이면서 위로다.

위로가 되는 고통이다. 아니다. 무어라고 말할 수 없다. 그냥 미미한 흔적들 — 아무런 흔적 없이 일었다가 사라지는 알 수 없는 마음의 파문을 잠시 야기할 뿐. 이 파문은 주위가 고요할 때, 혹은 어두울 때, 그리하여 홀로 자기를 돌아보게 될 때, 일어난다. 개울물 소리가 크게 들리는 건 밤이고, 반딧불이가 제 존재를 알리는 건 어둠 속에서다. 그래서 시인은 어둑한 데서 풀을 뜯는 흑염소를 보면서 홀로 찬밥을 목구멍에 밀어 넣는 자신을 대비시키는 것이다.

4 시의 꿈 — 변경을 넓히다

많은 것은 우발적으로 일어난다. 만남은, 「뱀을 밟다」가 보여 주듯이, 우발적으로 일어나 사건을 만들고, 이 사건에 부지불식간 얽혀 들면서 갈등이 야기된다. 그러나 그것은 실수일 뿐이다. 우연한 실수. 이 실수를 용인하며 시인은 빨래를 내다 널고, 이태준과 카프카를 읽고, 찐 감자를 먹으면서 옛일과 앞으로 올 일을 생각한다. 이런 그에게 주변에 사는 것들 — 벌이나 너구리, 가창오리나 흑염소가 이웃으로 여겨지는 건 자연스럽다. 알고 있는 혹은 모르는 주변의 이웃을 떠올리며 그는 이슬람교도의 라마단 금식을 순결하다고 여기기도 하고, 안성공단의 외국 노동자를 생각하기도 한다. 아마도 이 모든 생명들과 더불어 우리는 "흑해행 버스"를 타고 죽음을 향해 달리고 있을 것이다.(「몽해항로 2 — 흑해행」)

자연의 어떤 풍경은, 이 풍경들이 담고 있는 어떤 이미지는 시인에게 위로가 된다. 거기에는 어떤 원형적인 것 — 돌아가야 할 곳으로서의 무애(無碍)가 담겨 있기 때문이다. 무애란 가로막고 방해하고 한정하는 것들이 없는 상태다. 그것은 그 자체로 가없음이다. 그래서 어떤 평화 혹은 이 평화 속의 고적(孤寂)을 담는다. 협재 바다는, 그가 보기에, 그런 무애의 지평 — 지평 밖의 지평을 느끼게 한다. "푸른 일획(一劃)이다./ 이 세상 다시 오면/ 여기를 가장 먼저 달려와 보고 싶다."(「협재 바다」) 어떤 성취란 인간의 일이 아니라 생명과 자연의 일일 것이다. 그것은 시의 일이기보다는 시를 느끼는 감성의 소산이다. 이 감성이 어떤 풍경을 시적으로 느끼게 하고, 이 느낌을 담은 시가 세계를 다르게 현존케 한다. 그리하여 결국 인간이 쓴 시는 자연을 놀라운 성취로 만드는 것이다.

평이한 사물도 감각과 언어와 형식에 의해 기적으로 변모한다. 이것이 시의 능력이다. 자연의 모든 것은 시의 이런 개입을 기다린다. 이 자연에는 협재 바다가 있듯이, 자벌레나 매미, 뱀이나 모기, 비와 가을, 돌개바람과 초복과 대한(大寒)과 폭설이 있다. 날아가는 기러기 떼에서 누군가의 명필을 읽는 것도 그 때문일 것이다. 「소나기」라는 시도 그와 이어져 있는 듯하다.

구름은 만삭이다,

양수가 터진다.

흰 접시 수만 개가 산산이 박살 난다.

하늘이 천둥 놓친 뒤

낯색이 파래진다.

이 시의 착상이나 표현은 재미있다. 검은 구름이 몰려 있는 것을 시인은 "만삭"이라 표현하고, 구름이 비 되어 흘러내리는 것을 "양수가 터진다"로 번역한다. 그래서 비 내리는 것은 마치 "흰 접시 수만 개가 산산이 박살 나"는 것과 같다. 그런 하늘의 "낯색이 파래지"는 것은 "천둥(을) 놓친" 까닭이다. 세계는 오직 시인의 감각과 언어로 하여 새로이 경험된다. 이 감각과 언어가 예비하는 신선한 경험이 세계를 다시 보게 하고, 인간의 생애를 거듭 살게 하는 것이다. 많은 것은 이미 자연 속에 다 묻어 있다. 그렇다면 남은 것은 어떻게 그것을 비상투적으로 읽어 내느냐가 된다. 이렇게 다르게 읽어 낸 것은 어떤 변화를 야기할 것이다. 시의 힘은 이 형성적 계기에 있다.

해석과 변화는 분리되지 않는다. 이것은 비상투적 표현 속에서 이미 하나다. 왜냐하면 그것은 그 자체로 지각적 갱신을 야기하는 까닭이다.(세계를 '해석'하는 것이 아니라 '변화'시키는 것이 문제라는 마르크시즘적 정언명령은 이런 점에서도 수정될 필요가 있다. 그러니까 해석이냐 변화냐라는 양자택일보다 더 중요한 것은 해석을 통한 변화이고, 이런 변화가 새로운 감각과 사고의 진작으로 이어지며, 그리하여 다시 새로운 언어와 해석 속에서 바르게 행동하는 데로 나아가는 것일 것이다.) 이 때의 지각적 갱신에 부정의 뉘앙스를 담는 것이 풍자라고 한다면, 긍정의 뉘앙스를 담은 것은 유머라고 할 것이다. 풍자가 비판의 칼날에 가까운 것이라면, 유머는 사랑의 가슴과 가깝다고 할 수 있을까. 추운 날 세상을 떠난 노인네를 두고 "꽃철 오면/ 맘 변할까,/ 서두른 게 분명하다."라고 적는 것은 이런 유머에 의지한 지각적 갱신을 야기한다. 세계의 포용은 이런 지각적 갱신에서 생겨난다.(「소한」)

자연을 배경으로 하는 삶 — 자연의 풍경 속에서 그 풍경의 하나로 자리하는 생애, 이 생애의 꿈같은 경로를 장석주는 「몽해항로」 연작을 통해 보여 주고 있다. 이 시편들은 삶의 이런저런 내막의 굽이를 서사적으로 묘사하기에 쓸쓸하고, 이 굽이마다 미흡함이 자리하기에 아쉬우며, 이런 아쉬움에도 불구하고 시로 노래하기에 아름답다.

누가 지금
내 인생의 전부를 탄주하는가.
황혼은 빈 밭에 새의 깃털처럼 떨어져 있고
해는 어둠 속으로 하강하네.
봄빛을 따라간 소년들은
어느덧 장년이 되었다는 소문이 파다했네.

하지 지난 뒤에
황국(黃菊)과 뱀들의 전성시대가 짧게 지나가고
유순한 그림자들이 여기저기 꽃봉오리를 여네.
곧 추분의 밤들이 얼음과 서리를 몰아오겠지.

일국(一局)은 끝났네. 승패는 덧없네.
중국술이 없었다면 일국을 축하할 수도 없었겠지.
어젯밤 두부 두 모가 없었다면 기쁨도 줄었겠지.
그대는 바다에서 기다린다고 했네.
그대의 어깨에 이끼가 돋든 말든 상관하지 않으려네.
갈비뼈 아래에 숨은 소년아,
내가 깊이 취했으므로
너는 새의 소멸을 더듬던 손으로 악기를 연주하라.
네가 산양의 젖을 빨고 악기의 목을 비틀 때
중국술은 빠르게 주는 대신에
밤의 변경(邊境)들은 부푸네.

—「몽해항로 1 — 악공(樂工)」

삶의 하루해는 마치 "빈 밭에 새의 깃털처럼 떨어지"고, 그렇게 황혼이 떨어지는 사이에 시인은, 이 시 속의 소년은 어느덧 장년으로 되어 버린다. 그렇듯이 하지 뒤에 추분이 다가오고, 그에 따라 노란 국화와 뱀들의 시대도 금세 지나가 버린다. 한 생애의 승패는 그렇게 나 버린다. 많은 것은 이제 다시는 되돌릴 수 없는 것이 되었다.

중요한 것은 승리 혹은 패배라기보다는 그 생애의 기간이 '지나가 버렸다'는 사실일 것이다. 승리를 위로해 준 것은 "중국술"이나 "두부 두 모"일 뿐이다. 그러니 그 기쁨은 또 몇 밤을 갈 것이며, 패하였다고 한들 그 슬픔은 며칠 동안 이어질 것인가? 시인은 승패 여부에, 이 삶 이후의 일에 대하여 무심하다. "그대는 바다에서 기다린다고 했네./ 그대의 어깨에 이끼가 돋든 말든 상관하지 않으려네." 그가 중시하는 것은 노래다. 시의 노래, 삶의 연주가 그에게는 절실하다. 그래서 소년에게 청한다. "갈비뼈 아래에 숨은 소년아,/ 내가 깊이 취했으므로/ 너는 새의 소멸을 더듬던 손으로 악기를 연주하라." 아마도 이렇게 연주하는 동안 취기는 더해 가고, 그에 따라 술은 줄어 갈 것이다. 그러나 시인이 꾸는 꿈의 지평들은, 그가 건너는 꿈의 항로는 더 넓고 길어질 것이다. "중국술은 빠르게 주는 대신에/ 밤의 변경(邊境)들은 부푸네."

시는 산마루 타기(Gratwanderung)와 같다. 산마루를 타면서 그것은 분단의 철책을 걷어 내고 구분의 경계를 허문다. 시가 꾸는 이 푸른 꿈속에서, 새의 소멸을 더듬는 이 무심한 노래를 통해, 삶의 지평은 확장된다.

아마도 시가 하는 것은 바로 이것 — 항해 같은 삶의 경로에서 꿈의 변경을 드넓히는 일이다. 이 변경의 상상적 확대 속에서 기존 현실과는 다른 현실을 탐색하는 일이다.

그러나 이것은 거창하다. 시인은 이 거창한 일을 처음부터 도모하는 것이 아니다. 그가 하는 것은 이보다 더 작다. 그는 자기 자신으로부터 시작한다. "뭘까, 나라는 존재는/ 벽에 머리를 찧는 사연이/ 꽃 진 탓만 아니겠지."(「돌개바람 이는 날」) 시인이란 자기에게 묻는 자다. 아니, 자기 물음을 통해 세계를 묻는 사람이다. 무엇으로? 표현을 통해. 이 표현을 위한 부단한 연마로. 그는 붓 천 자루가 닳고 벼루 열 개를 구멍 낸 추사(秋史) 김정희를 떠올린다. 그러고는 미련스러우리만치 연마하고 또 연마했던 이 예인(藝人)의 졸렬함을 칭송한다. 추사의 졸렬함이란 꾸미지 않음 — 꾸미지 않고 사실로 나아감을 뜻하는 것이다. 이렇게 나아가 사실의 진상을 포착하고 드러낼 때, 이렇게 드러난 것은 곧 진실이 될 것이다.

그러므로 졸렬한 연마란 어떤 보상을 바라지 않는, 예술 그 자체로 자족하는 가운데 그 문제의식을 갱신시키려는 헌신에 다른 이름일 것이다. 그것은 무욕(無慾)의 헌신이다. 이 헌신은 어떤 의도나 전략으로부터 벗어나 있기에 전면적이다. 시는 무욕의 전면적 투신이다. 그것은 "제 몸 벌겋게 태워/ 부르는 노래"와 같다.(「숯의 노래」) 혹은 비에 젖은 채 길목을 지키고 선 "머리 없는 석불"의 형상을 닮았다고나 할까.(「석불」) 그것은 그러저러한 풍경 속에서 이 풍경의 일부가 되어 삶에, 마치 아무렇지도 않은 듯, 매진하는 일이다. 이 무심함에서 대상과 표현, 풍경과 헌신은 하나로 어울린다. 이렇게 하나로 이어 주는 것이 시고 노래다. 시는 이 세상에 살면서 풍경을 노래하고, 이런 풍경을 노래하는 가운데 삶을 쇄신시키기 때문이다. 삶의 내외가 마치 가을 아침처럼 투명하다고나 할까.("가을 아침에는/ 깊이를 거부한다./ 이미 투명한 표면들이/ 깊이를 이루었다."(「가을 아침에」) 좋은 시에는 풍경에 대한 경의와, 이 경의 속에 쇄신되는 나날의 생활이 하나로 만난다.

시의 헌신 속에서 생활의 묵은 때는 그 껍질을 조금씩 벗는다. 시에서 자기 물음과 세계 물음은 이어지기 때문이다. 이렇게 이어지면서 시인은, 이 시인을 읽는 독자는 좀 더 넓은 세계 — 인간 속에서 인간을 넘어가는 더 넓고 깊은 세계를 주시할 수 있게 된다. 모래, 사막, 죽음, 소멸, 뼈, 부장품, 화석과 같은 것은 이런 광막한 세계에 자리하는 것들이다. 이 넓은 세계를 감싸고 있는 건 고요다. 이것은 「적(寂)」이라는 시가 잘 보여 준다.

종가(宗家) 고택(古宅)

뒤뜰 안

어린 딸 혼자 논다.

뜰에는 저 혼자 폈다 지는 민들레,

누억 년

금칠한 햇빛

눈부시게 내린다.

이 시는 고요함을 말한다. 아마 종갓집의 오랜 집(古宅)만큼 고요한 뒤뜰도 별로 없을 것이다. 이 뒤뜰에 어린 딸이 "혼자 논다." 혼자 노는 어린 딸처럼 "뜰에는" "민들레"가 "저 혼자 폈다 지는" 것이다. 피고 짐은 "누억 년" 이어져 온 것이고, 이렇게 이어져 온 풍경을 "금칠한 햇빛"이 "눈부시게 내리"비추고 있다. 간결하고 절제된 시의 언어가 이 시어로 표상하려는 적요의 상태를 이미지의 생생함 속에서 그대로 구현한다.

아마도 그렇다고 해야 할 것이다. 어린 딸보다는 종가 고택이 더 오래갈 것이고, 이 고택과 비교할 수 없이 여일한 것은 금칠한 햇빛일 것이다. 시 역시 어린 딸과 같은, 혹은 혼자 폈다 지는 민들레와 같은 것이라고 해야 할지도 모른다. 사물의 생멸과 인간의 왕래야말로, 이 왕래가 남긴 덧없는 궤적을 추적하는 것이야말로 시의 종국적 지향일 것이다. 왜냐하면 이 표현 속에서 인간은 이미 자신의 자리를 점검하게 되고, 그 가능성과 한계를 스스로 헤아려 볼 것이기 때문이다. 이런 헤아림은 그래서 윤리적이다. 시의 윤리는 이처럼 에둘러 있다.

그러므로 시는 삶의 상상적 공간, 그 변경을 넓히는 몽해항로가 된다. 일국의 승패가 아니라, 또 내세에서의 우화등선(羽化登仙)이 아니라, 지금 여기에서 오늘의 삶을 노래하고, 이 노래를 통해 현존의 지평을 넓고 깊게 하는 것이 예술의 직무다. 그러니 확장되는 것은 단순히 상상의 공간

만이 아니다. 시는 삶의 실제 영역을 더 충일하게 느끼게 한다. 그것은 취기 속의 두부 몇 모처럼 우리의 생기를 북돋아 줄 것이다.

5 무의도적 헌신 — 시를 살다

이 시집을 천천히 읽고 난 뒤 든 생각도 바로 이런 것이었다. 시란 무엇이고, 그것은 무엇을 할 수 있을까? 그것은 시인에게, 또 사람에게 어떤 의미를 지니고, 이 사람들이 살아가는 삶에 어떻게 이어지는 것일까? 이것은 근본 물음이다.

이 시집에는 시와 시인을 암시하는 여러 가지 사물과 사건에 대한 비유적 술어가 흩어져 있다. 빛을 피해 바다 깊숙한 곳에서 은거하는 '심해어'가 있는가 하면, 7년간의 땅 밑 생활을 목 놓아 우는 '매미'가 있고, 말 못할 서러움이 각질 되어 솟아난 '뿔'이 있으며, 단 한 번의 승부로 판세가 결정되는 바둑의 '일국(一局)'이 있다. 그런가 하면 이 험난한 인생살이를 상징하는 개 잡는 남정네들의 매질과 모기의 흡혈 그리고 파리의 일평생 굴종이 자리한다. 아마 청산이나 소나기, 장마, 가을밤 그리고 고요는 삶의 이 신산스러운 공간을 에워싸는 분위기를 자연 풍경 속에서 환기시킨다고 할 것이다.

그러나 이 모든 것들의 비유적 의미보다 더 절실하게 그리고 더 축약적으로 시의 의미를 내보일 사물은 없는 것일까? 나는 그것이 「자벌레」에서 보듯, “경(經)”과 같은 것은 아닐까 여겨진다. 시작(詩作)이란 마치 소리 내어 경을 외우는, 이 경전을 외우며 “저녁 공양 때까지” 자기 자신을 견디는 일과 같은 것일지도 모른다. 그것은 마치 자벌레가 “뽕잎 뒤에 붙어서 비 피하는”, 비 피하면서 “뽕잎 경(經)이나 사각사각 외우”는 일과도 같다. 아마도 그럴 것이다. 행하면서, 외우거나 쓰거나 관찰하고 기록하고 기억하면서, 그것은 지금 여기를 견디는 일이다. 그러다가 때로는 예기치 않게 병이 들고, 그래서 작가 이문구처럼 “세상보다 앞서 세상을 버리”며 이곳을 떠나가게 될 것이다. 시업(詩業)은 “짧은 낮 긴 꿈”이다. “덧없다, 덧없다, 하며 천 년 거문고는 우는데/ 또다시 춘궁(春窮)의 시절이다,/ 해가 지고 있다.”(「장한몽 — 이문구」) 예술의 길은 춘궁을 견디며 짧은 낮에 꾸는 천 년의 허망한 꿈이다.

가무일체(歌舞一切) 일생일계(一生一季) — 노래와 춤이 하나고, 일생은 마치 한 철마냥 짧은 것인가. 호시절은 본래부터 문학과 예술에 낯선 것이라고 해야 할 것이다. 항시적 곤궁은 처음부터 시의 운명인지도 모른다. 이 곤궁 속에서 시인은 삶의 악취를 피하지 않는다.

혼자 남은 여자는 늙고 병들었다.
늙은 그 여자를 나는 어머니라고 부르는데,
아, 고등어조림을 식탁에 올리던 쓸쓸한 가계(家系)여.
배를 밀며 나아가는 길이
살 길이더냐 죽을 길이더냐.
오동꽃 피고
오동꽃 지고
의심 많은 나는 응달진 데나 들여다본다.
나의 가계 일부가 있던 성북동에 갈 때마다
해와 그늘과 구름과 초빙(初氷)과 맨드라미를 거느리며
성북동 일대를 오르내리던
심우장 호랑이를 생각한다.
굽실굽실 고개를 잘도 조아리던 중들 앞에서
악취가 난다고
포효하던 그 호랑이를 생각한다.

—「성북동 호랑이 — 만해 한용운」에서

심우장(尋牛莊) 호랑이란 물론 시인이자 독립투사였던 만해 한용운 선생을 일컫는다. 심우(尋牛)란 소를 생각하고 찾는다는 뜻이고, 소는 불교에서 깨달음이나 마음을 비유한다고 알려져 있다. 결국 심우장이란 나 자신을 찾고, 내 마음의 깨달음을 구하는 일이다. 만해는 1933년 성북동의 이 북향 산비탈로 물러나 남향한 조선총독부에 등을 돌리고,

호적도 올리지 않고 배급도 거부한 채, 죽는 날까지 이곳 심우장에 머물렀다.

시인은 성북동의 어머니를 찾아갈 때마다 이 심우장을 떠올린다. 이곳은 지금 서울시 기념물 7호로 정해져 있지만, 이 땅의 근현대 시인이나 독립투사들이 대개 그러하듯이, 아직 정돈되지 못했고, 거의 방치된 채 남아 있다. 그곳은, 시인이 적었듯이, 아직 "응달진 데"다. 여기에 시인의 "가계(家系)"가 "일부" 있고, 그래서 고등어를 사 든 채 찾아간다. 이제는 만해가 세상을 떠난 지도 반백 년이 넘었고, 이곳을 지키던 남자와 여자도 늙고 병들어 버렸다. 만해가 해방을 보지 못한 것처럼, 그가 살던 거주지도 관리인 없이, 어쩌면 찾아오는 사람도 없이, 조만간 망각 속에 파묻힐지도 모른다. 이 집요한 망각 — 방치와 외면 속에서 오동꽃은 아무런 생각 없이 피었다가 다시 진다. "배를 밀며 나아가는 길이/ 살 길이더냐 죽을 길이더냐." 시인은 그 호랑이, "굽실굽실 고개를 잘도 조아리던 중들 앞에서/ 악취가 난다고/ 포효하던 그 호랑이를 생각한다."

가계를 생각한다는 것은 무엇일까? 그것은 지나온 곳과 앞으로 갈 곳을 떠올리는 일이다. 그것은 시의 유래와 지향이다. 시인은 심우장 호랑이를 떠올리며 그늘을 들여다보고, 굽실대던 중들 앞에서 "악취"를 말하던 만해를 생각한다. 그리고 그의 저항과 죽음과 여기 남은 선사(禪師)의 희미한 자취를 생각한다. 시를 생각한다는 것은 몸부림의 유래를 더듬는 일이며, 이렇게 더듬으며 자기를 찾고, 이렇게 자기를 찾으면서 현실로의 마음을 연다. 자기를 찾는 것과 악취를 맡는 것, 깨달음을 구하는 것과 변두리를 기웃거리는 건 둘이 아니다. 진리에의 인식과 현실에의 저항은 시업(詩業)에서 하나다. 이 하나 됨의 자리를 확인하고, 이 하나 된 길을 걷는 것이 시의 가계요, 예술의 포효다. 여기에서 자기 물음은 다시 그 출발점이다. 이 물음은, 제대로 된 경우라면, 다음의 시가 보여 주듯이, 어떤 인류사적 시발점에까지 닿아 있어야 한다.

나는 누굴까, 네게 외롭다고 말하고
서리 위에 발자국을 남긴 어린 인류를 생각하는
나는 누굴까.
나는 누굴까.
낮에 보일러 수리공이 다녀갔다.
산림욕장까지 갔다가 돌아오는 길에
아무도 만나지 못했다.
속옷의 솔기들마냥 잠시 먼 곳을 생각했다.
어디에도 뿌리 내려 잎 피우지 마라!
씨앗으로 견뎌라!
폭풍에 숲은 한쪽으로 쏠리고
흑해는 거칠게 일렁인다.
—「몽해항로 4—낮에 보일러 수리공이 다녀갔다」에서

시적 화자는 "서리 위에 발자국을 남긴 어린 인류를 생각"하고, "속옷의 솔기들"에서 "잠시 먼 곳을 생각"한다. 그러나 이런 경우는 현실에서 드물다. "산림욕장까지 갔다가 돌아오는 길에/ 아무도 만나지 못했다." 그렇다. 시인은 홀로 길을 걷는 사람이다. 홀로 걸으며 길을 만드는 사람이고, 이렇게 만든 길 위에서 다른 여러 사람 또한 오가게 한다. 의미의 보편 지평은 이렇게 열린다. 그렇게 열린 의미의 보편성, 그것이 시의 이름이다. 그러니 그 경우란 희귀하지 않을 수 없다. 그래서 시적 화자는 적는다. "어디에도 뿌리 내려 잎 피우지 마라!/ 씨앗으로 견뎌라!" 시의 경로는 그 무엇으로도 환원될 수 없고, 그 고통은 누구와도 공유되기 어렵다. 시인은 첫 인류를 생각하는 혼자이면서, 이 혼자인 채로 북풍과 재와 밤과 이웃한다. 그러면서 이 겨울의 방바닥을 덥혀 주는 낮의 수리공을 생각한다.

그러므로 시인은 개체화된 인류다. 그는 자기 물음 속에서 겨울이 닥치는 것을, 그리하여 낮은 짧아지고 밤은 더욱 짙어 떠나간 너구리와 날아온 가창오리를 생각한다. 초승달이 뜨고 모란꽃이 지는 일은 그 사이 어디쯤엔가 있을 것이다. 그는 변화하고 생멸하는 것들 가운데 이 생멸을 있게 하는 근원이 무엇인지 헤아리면서 쓸쓸한 가계를 잇는다. 아마도 이러한 다짐이 가장 잘 드러나는 예는 「몽해항로 5 — 설산 너머」가 될 것이다.

작약꽃 피었다 지고 네가 떠난 뒤
물 만 밥을 오이지에 한술 뜨고
종일 흰 빨래가 펄럭이는 걸 바라본다.
바람은 창가에 매단 편종을 흔들고
제 몸을 쇠로 쳐서 노래하는 추들,
나도 몸을 쳐서 노래했다면
지금보다 훨씬 덜 불행했으리라..
노래가 아니라면 구업을 짓는
입은 닫는 게 낫다.
어제는 문상을 다녀오고,
오늘은 돌잔치에 다녀왔다.
내가 어디에서 와서 어디로 가는지
더 이상 묻지 않기로 했다.
작약꽃과 눈(雪) 사이에 다림질 잘하는 여자가
잠시 살다 갔음을 기억할 일이다.
떠도는 몇 마디 적막한 말과
여래와 같이 빛나는 네 허리를 생각하며
오체투지하는 일만 남았다.

—「몽해항로 5 — 설산 너머」에서

아마도 시의 궁극 주제가 있다면 그것은, 시인이 적은 대로, "어디에서 와서 어디로 가는지"가 될 것이다. 그러나 그것은 단순히 서술되거나 묘사되는 것으로 끝나는 게 아니다. 그것은 무엇보다 노래 불러야 한다. 그저 노래하는 것이 아니라, 창가에 매달린 편종처럼, "제 몸을 쇠로 쳐서 노래하는" 것이다. "노래가 아니라면 구업을 짓는/ 입은 닫는 게 낫다."

노래가 아닌 삶의 반영은 말의 업보 — 구업(口業)의 죄를 짓은 것과 같다. 이것을 아는 시인은 노래하듯 진술하고, 이 진술 속에서 삶의 일들이 마치 삽화처럼 혹은 정거장에서의 만남처럼 잠시 스쳐 간 것이라고 얘기한다. "작약꽃과 눈(雪) 사이에 다림질 잘하는 여자가/ 잠시 살다 갔음을 기억할 일이다." 이것은 산문적 진술이지만, 이 진술 뒤에 남는 것은 시적 여운이다. 삶의 한때임을 기억하고, 이 기억에 온몸을 투여하는 일은 "오체투지"와 같다. 오체투지(五體投地)란 머리와 사지(四肢)를 땅에 대고 절하는 것이다. 아무 데나 뿌리 내려 잎 피우는 게 아니라 그저 씨앗으로 견디는, 씨앗으로 견디며 현실을 드러내는 일은 오체투지 같은 헌신 없이 어렵다. 그러나 이 헌신은, 다시 강조하거니와, 증언이나 고발의 차원을 넘어서야 한다. 그것은 노래여야 한다.

시의 노래는 다른 누군가의 몸이 아니라 자기 자신의 몸을 쇠로 쳐서 내는 일이다. 이 노래로 시인은 지금 여기에서 설산 그 너머를 떠올린다. 시의 가능성이란 세계를 넘어서는 가능성이라면, 이 가능성은 오직 내세 지향이 아니라 현존적 충실성 속에서 실현된다. 그리고 다가올 가능성에 대한 이러한 희구가 현재적 빈곤과 부실과 그로 인한 절망을 지탱해 준다. 왜냐하면 「몽해항로 6 — 탁란」이 보여 주듯 "가장 좋은 일은 아직 오지 않았"기 때문이다.

지금은 탁란의 계절,
알들은 뒤섞여 있고
어느 알에 뻐꾸기가 있는 줄 몰라.
구름이 동지나해 상공을 지나고
양쯔강 물들이 황해로 흘러든다.
저 복사꽃은 내일이나 모레 필 꽃보다
꽃 자태가 곱지 않다.
가장 좋은 일은 아직 오지 않았어.
좋은 것들은
늦게 오겠지, 가장 늦게 오니까
좋은 것들이겠지.
아마 그럴 거야.
아마 그럴 거야.

— 「몽해항로 6 — 탁란」에서

나는 시인의 말을 수긍하게 된다. "가장 좋은 일은 아직 오지 않았어." 그렇다면, 지금 보이는 것 — 멋있고 화려하며 그럴 듯한 것들은 거죽에 지나지 않을지도 모른다. "저 복사꽃은 내일이나 모레 필 꽃보다/ 꽃 자태가 곱지 않다."

"복사꽃"이란 복사꽃이면서 복사된 꽃이기도 할 것이다. 그래서 모조품이고 가짜이며 껍데기일 수도 있다. 아마도 시대적으로 횡행하는 것들은 늘 아류들이거나, 경박한 유행이 만들어 낸 호사주의(好事主義)일 것이다. 그리하여 "지금은 탁란(濁卵)의 계절"이다. 노른자위가 흐린 것들이 늘 득세해 왔고, 득세하고 있으며 또 득세할 것이다.

좋은 시절이 아직 오지 않았다 함은 앞으로 그런 시절이 올 것이고, 또 와야만 한다는 뜻일 것이다. 그러니 거기에는 그 호시절이 지금의 일이 아니라는 절망과 더불어, 그러나 그것이 미래 세대의 것이 되리라는 희망이 혼재해 있다. 그것은 멀리 있기에 아스라한 바람이 되고, 이 바람을 스스로 실행해야 할 것이기에 버거운 책무가 된다. 그것은 품을 수 있는 어떤 희망이 아니라 품지 않을 수 없는, 지금 여기를 버텨 내기 위해 가져야만 하는 전망이다. 시인이 제편으로 삼는 것은 이처럼 모호한, 그래서 실낱같은, 그러나 없을 수는 없는 절박한 희망일 것이다.

희망을 구현하는 데는 물론 여러 방식이 있을 수 있다. 사람의 무리나 물질 혹은 어떤 당파성이 도움을 줄 때도 있다. 정치제도적 개혁은 이런 무리의 합법적 조직을 통해 이루어진다. 시에 어떤 파당성이 만약 있다면, 그것은 실현태가 아니라 잠재태, 이미 현실로서 구현된 것이 아닌 아직 구현되지 않는 가능성에 의지한다. 이 가능성은 지금 여기로부터 그 너머로 무한히 열려 있다. 이렇게 열려 있는 전체, 그것은 타자성의 이름이다. 개방성 속에서 시는 타자 — 구름과 감자와 송아지와 양쯔강과 뻐꾸기와 황해와 구름과 친교한다. 시는 이 무한한 타자성, 이 타자성의 가능성을 자기 지향의 근거로 삼는다.

시는 누구의 편도 들지 않지만, 혹시 편드는 게 있다면, 그것은 이 이름 없는 타자적 전체일 것이다. 이 전체적 타자성 속에서 시는 시 이외의 것에 열려 있고 또 열려 있어야 한다. 그 점에서 시는 윤리적이고, 이 윤리성 속에서 정의롭다. 그러나 시의 진선미는, 그것이 타자로 열려 있기에, 완전히 개화하지는 못한다. 인간 삶의 이성적 질서는 항구적 형성의 와중에 있다.

「몽해항로」 연작은, 그 상상력이 오늘 여기와 저기 저 너머, 구차한 생활과 이 생활의 지속, 북풍과 봄빛, 악취와 자유, 죽음과 그 너머의 관계를 예술의 타자적 가능성 속에서 보여 준다는 점에서, 절창(絶唱)이 아닐 수 없다. 타자적 가능성이란 곧 윤리적 가능성이다. 시인은 안타까워하면서도 추억하고, 그리워하면서도 이 그리움을 지우며, 결의하면서도 담담하게 받아들이려 한다. 그러면서 이 모든 몸짓이 시의 꿈이자 삶의 궤적이길 희구한다. 이러한 힘은 아마도 사랑에서 나올 것이다. 이 사랑의 힘을 장석주는 시에서 얻고, 이렇게 얻은 힘으로 자기 시간을 일구어 간다.

시의 전면적 투여란 아마도 시를 사는 데서 완성될 것이다. 시를 사는 것이 시의 궁극 목표라면, 장석주는 이런 목표에 다가간 시인으로 보인다. 그는, 자벌레가 뽕잎 경(經)을 먹고 살 듯, 시경(詩經)을 씹으며 산다. 시를 쓰고 시를 행하며 시를 살아가는 것이다. 시는 장석주에게 시경이고 양생법이다. 오늘날처럼 철저하게 비시적으로 되어 버린 시대에 시의 감동을 말하기란 뒤떨어진 일로 보이지만, 나는 그의 시집을 읽으면서 알 수 없는 파문이 마음 깊은 곳에서 이는 것을 느꼈다. 그것은 현실을 직시하면서도 담담하게 받아들이고, 그 빛과 그늘을 헤아리면서도 과장 없이 서술하는 데서 올 것이다. 그리고 이 서술은 시를 사는 데로 수렴된다.

살아지는 시, 이 시의 포용에는 사랑이 녹아 있다. 감동은 아마도 이런 사랑을 확인하는 데서 올 것이다. 그러나 우리는 사랑을 사랑이라 부르지 않고서도, 그래서 '숭고'나 '장엄' 혹은 '수행'이란 말에 기대지 않고서도 이 삶을, 이 삶의 무궁무진함과 존귀함을 증거할 수 있을까?

아마도 시의 진실은 미래를 예비하고, 이 미래로 열려 있다는 데 있을 것이다. 시가 정의롭다면, 그것은 아직 실현 안 된 것의 정당성에 귀 기울임으로써 그러할 것이다. 시가 악취를 말하면서도 짧은 낮과 긴 밤을 견디는 것은, 그래서 시인이 응달진 곳을 바라보며 흔쾌히 오체투지하는 것은 이 드넓은 정당성 — 타자적 진실성에 대한 믿음 때문이다. 그러나 이 믿음은 확신의 형태로 자리하기보다는 삶의 원리로, 오늘을 견뎌 내는 생활의 힘으로 자리하는 게

좋을 것이다. 그래서 투쟁보다는 표현을 통해, 묘사가 아닌 노래를 통해 행해지는 것이다. 오체투지하며 부르는 이 노래가 곧 삶 속에서 삶과 싸우고, 이 싸움 속에서 삶을 다시 껴안는 시의 방법이다.

시는 아직 오지 않은 참되고 선하며 아름다운 것들을 지금 여기로 불러들이는 사랑의 방식이어야 한다. 이 사랑의 방식을 체현하고 있는 장석주의 시는 분명 오늘의 문자 위축 상황을 거스르는 소중한 노작(努作)이다.

장석주

1979년《조선일보》신춘문예로 등단했다.
시집『붕붕거리는 추억의 한때』,『크고 헐렁헐렁한 바지』,
『붉디붉은 호랑이』,『절벽』등과 산문집『이 사람을 보라』,『추억의 속도』,
『강철로 된 책들』,『느림과 비움』,『책은 밥이다』,『새벽예찬』,
『만보객 책 속을 거닐다』,『취서만필』,『나는 문학이다』등이 있다.
그동안 동덕여대, 경희사이버대학교, 명지전문대 등에서 강의를 하고,
국악방송에서 '장석주의 문화사랑방', '행복한 문학' 등의 진행자로 활동했다.
현재 서울 서교동의 '서향재(西向齋)'와 경기도 안성의 '수졸재(守拙齋)'를 오가며
'실존형 글쓰기' 작가로 살고 있다.

몽해항로

1판 1쇄 펴냄 · 2010년 1월 8일
1판 4쇄 펴냄 · 2012년 9월 4일

지은이 · 장석주
발행인 · 박근섭, 박상준
편집인 · 장은수
펴낸곳 · (주)민음사

출판 등록 1966. 5. 19. 제16-490호
서울시 강남구 신사동 506번지 강남출판문화센터 5층 (우)135-887
대표전화 515-2000 / 팩시밀리 515-2007
www.minumsa.com

ISBN 978-89-374-0778-9 (03810)
ISBN 978-89-374-0802-1 (세트)